ホントはやなこと、マジでやめてみた

誰にもジャマされない「自分の時間」が
生まれるドイツ式ルール42

アレクサンドラ・ラインヴァルト 著
柴田さとみ 訳　瀧波ユカリ 画

AM ARSCH VORBEI GEHT AUCH EIN WEG:

Wie sich dein Leben verbessert, wenn du dich endlich locker machst

ホントはやなこと、マジでやめてみた

誰にもジャマされない「自分の時間」が
生まれるドイツ式ルール42

Am Arsch vorbei geht auch ein Weg
Wie sich dein Leben verbessert, wenn du dich endlich locker machst
by Alexandra Reinwarth

「ムカつくアイツ」との縁をバッサリ！
人生最高の瞬間は、突然おとずれた

そもそものはじまりは、女友達のカトリンに「くたばっちまえ《ファック・ユー》！」って告げたことだった。……いや、ちょっと言い訳させてほしい。わたしは基本、他人にそんなこと言わない。くたばっちまえとか、そんな人様の絶命を願うような下品な言葉をやたらと連呼するタイプじゃないので。いついかなるときも。……車の運転中は、まあ別として。

でも、カトリンって人は――これは声を大にして言いたいのだけど、彼女はよくいる例の、あのタイプの女性だった。ほら、いるでしょ？　話してると常にこっちが悪いみたいな空気になって、その罪悪感に微妙につけ込んでくる人。グチってばかりで自分では何ひとつ変えようとしない人。紙パック入りのジュースをチュウチュウ吸う子供みたいに、こちらの気力を吸い取っていく人。

カトリンはいつだって不幸のどん底にいた。その言い分がホントなら、「この人、うつ病なんじゃ……」と心配になるところだ。でも、わたしにもだんだんとわかってきた。カトリンはうつ病なんかじゃなく、ただの「ザンネンな人」なんだってことが。

本人いわく、人生はつらいことばかり。仕事は最悪だし、恋人のジャン＝クロードとの関係はいつだって「もうムリ！」、家族はやっかいごとばかり押しつけてくる。将来には何の希望もないし、もうどうしたらいいかわからない――。そんなグチを聞かされて、心配してあげてるわたしをよそに、当の本人はクルージングを楽しみ、パーティーなんか開いちゃったりして、あげくのはてにジャン＝クロードと結婚したのだ。

この前だってそう。「もうダメ、離婚寸前なの……」と落ち込んでるカトリンをかわいそうに思って、いろいろと相談に乗ってあげた。で、彼女とジャン＝クロードがヴェネツィアに小旅行に出ている間（これはわたしのアイデアだった。夫婦ですてきな時間を過ごしてみたら？　ってすすめたのだ）、わたしはせっせと彼女の飼ってる犬の世話をして植物に水をやり、プールに除菌用のプールソルトを撒《ま》いていた。ちなみに、カトリンの家はけっして「ちょっとそこまで」って言えるようなご近所じゃない。しかもこれが、とんでもない豪邸。インテリアもモダンで、これでもかってほど高級感が漂ってる。細い両肩にのしかかる「経済的負担」とやらをあんなにアピールしていたのは、いったい何だったわけ？　カトリンが言うには、「あたしって、この世に生きるには優しすぎるんだわ」。だから、たとえばリフォーム業者の職人さんにも「正規の料金を払っちゃうの」だとか。なかなか契約しないでじらしたあげくに、半額に値切ることだってできたのに。

「でもほら、あたしって人がいいでしょ？　だからつい『そんなのダメ、この人にも家族がいるのよ』って考えちゃうの」カトリンは聖母マリアのような目をして、そうのたまった。

　ヴェネチア旅行から帰ってきた彼女は、何だかせわしなかった。ジャン＝クロードを車でマッサージサロンまで送らなきゃいけないとか言って。なんでも、ヴェネチア旅行で泊まったホテル（わたしがすすめたところだ）のベッドがサイアクで、彼が背中を痛めたんだとか。ちなみに旅行は（例によって）散々で、それでも彼女はけなげに明るく振る舞おうとがんばった、らしい。

　その次に会ったときは、「ママが病気なの……」と、まるで明日にでも死んじゃうみたいな震え声で聞かされた。要するに、カトリンにはいつも「何か」が起こるのだ。それはきまって人生を揺るがすような一大事で（彼女的に、ここは絶対に譲れないライン）、でもよくよく聞いてみたら、お母さんの「病気」は実はただの頭痛だったり、腰に水が溜まってたり、その他こっちが「知るか！」って言いたくなるようなどうでもいいことだったりする。

　おわかりだろうか、このお決まりのパターン。いつだって同じだ。カトリンの世界は、ひたすらカトリンを中心に回ってる。そのうち、わたしにもはっきりわかってきた。一緒になってカトリンの周りをぐるぐる回ってあげるなんて、まっぴらごめん。だってわたし、あんたの衛星じゃありませんから。

なぜもっと早くカトリンと縁を切らなかったのか、自分でもうまく説明できない。一緒に暮らしてるパートナーの〝L〟からも、だいぶ前から「さっさと絶交すればいいじゃん」って言われてたのに。思えば最初のうちは、カトリンにうまく利用されてるだけって気づいていなかったんだ。そして、そのことに薄々気づきはじめてからは、今度は彼女と正面からぶつかるのを避けてきた。でも、少し前に『幸福プロジェクト（Glücksprojekts）』（未邦訳）という本を書いて、そのなかで「生き方改善」を進めていくうちに、ついに心に決めた。カトリンは切る、と。

わたしはこれまで友人と縁を切ったことなんてない。でもフツーに考えて、流れはだいたいこんな感じだろう。「最近、なんか一緒にいても楽しくないな」とお互い感じはじめて、会う頻度がだんだん減り、そうして連絡が途絶えていって……ついにはフェードアウト。ところが、相手が吸血ヒルなみにしつこい友人となると、そうはいかない。なにしろこの手のタイプはしつこいから、そう簡単には振りきれない可能性が大だ。そんなわけで、わたしはこの縁切りミッションをいかに完遂すべきか頭を悩ませていた。しかもできれば、気まずさのあまりにミミズみたいに床をのたうちまわったりしないですむ方法がいい。

Lのアドバイスは単純明快だった。「別に、ただ会って言えばいいじゃん。『カトリン、あんたすごくムカつくから、もう二度と会いたくない』って」そこまで言うと、Lはちょっと考えてからこう付け加えた。「『このメス豚が！』」。Lは前々からカトリンのことが嫌いなのだ。

実際にそんなふうに言える図太い人も、世の中にはいるんだろう。でもわたしは違う。むしろ正反対。通りでぶつかってきた相手には逆に謝っちゃうタイプだ。

となると、気まずい思いをしないためにはどうしたらいいか……。悩んだすえ、いくつか別の案を考えてみた。

・Lを代理人として派遣する
・カトリンにはわたしが非業の死を遂げたとでも思わせておいて、どこか別の土地で人生をやり直す
・ガチで非業の死を遂げる

だが、やがて決定的瞬間は訪れた。そのとき、わたしはちょうどカトリンとカフェにいた。ラッキーだったのは、彼女があまりにもクソだったので、こみ上げる感情をそのままぶつけることができたってこと。怒りの波に乗って、わたしはその歴史的瞬間を迎えた。

「カトリン？」

「なあに？」

「くたばっちまえ《ファック・ユー》！」

それくらい別にたいしたことないじゃんって思う人もいるかもしれない。でもそのときのわたしは、身長二メートルのジャンヌ・ダルクになった気分だった。そのまま席を立ち、カフェの出口に向かう。まるで、スローモーションでリングに向かうボクサーみたいに、トランペットやら何やらを総動員した感動的なＢＧＭを背に、わたしは退場をキメた。きわめつけにコートの裾をばさっとはためかせたもんだから、近くの棚にのっていたビラの束が派手に吹き飛ぶ。とばっちりを受けたビラがひらひらと床に舞い落ちるなか、わたしは顔を高く上げ、外に歩み出た。そのまま店先で待つ愛馬の背に飛び乗って、さらなる冒険の旅へ――なんて西部劇みたいな展開になっても不思議じゃない勢いで。

「はあ？　なんでジャンヌ・ダルクがボクサーになるわけ？」その晩、わたしの報告を聞いていたＬは呆れ顔でそう言った。まったく、男ってのはホントに人の話を聞かない。耳の中になんか変な雑音でも流れてるんだろうか。たまたま聞こえた単語を一つ二つ組み合わせて、あとはテキトーに聞き流してるんじゃないかと思うほど。だから、そのたまたま拾った単語が意味不明だと、とたんに話が見えなくなっちゃう。

　もちろん、わたしが訴えたかったのは、フランスの国民的聖女の話でも、ボクサーの話でもない。それどころか、カトリンや彼女のクソったれの海水プールの話ですらなかった。「くたばっちまえ！《ファック・ユー》」っていうあのひと言に、どうしてあんなにワクワクしたのか――大事なのはそこだ。

「それって、自由になれたからじゃない？」スピリチュアル好きの友人アンネは、わたしの話を聞いてそう言った。たしかに、アンネの言うとおりだと思う。あれは解放だった。ただし、カトリンっていう「ザンネンな人」から解放されたから、っていうのとはちょっと違う。あのとき感じた、トランペットが高らかに鳴り響くハッピーな高揚感。それはわたしが自分で自分に課してきた、ちっぽけで息苦しい制約から解放された喜びだった。自分が正しいと思ったことをする。「こんなことしたらイヤなやつだって思われないかな」なんていっさい考えずに。それって最高じゃない？　人間、いつだってそうすべきなんじゃない？　ただ心のままに生きてみたら、どんなに爽快だろう？　そして――心のままに自由であることと「ムカつくやつ」になることの境界線はどの辺にあるんだろう？

なぜわたしたちは「やりたくもない事」に時間を使ってしまうのか？

それからの数週間で、いろいろと気づいたことがある。まず、カトリン抜きの人生がいかにすばらしいかってこと。それから、日常のいろいろな場面で、わたしがいかに「自分がどうしたいか」じゃなく「他人がどう思うか」を基準に行動してたかってこと。たとえば毎朝、子供を保育園に送るだけなのにバッチリ化粧をしたいなんてマジで思ってる？　答えは「冗談じゃない、断然ノー！」。じゃあどうして、毎朝化粧をするわけ？　すると、しょうもない答えが見えてくる。「ママ友のみんなにいい印象を与えたいから」。ママ友なんて九割方、好きでもなんでもないくせに！　好きっていえば、どうしてわたしは職場のクリスマスパーティーに毎回参加しちゃうんだろう？　上司や同僚が大好きだから？……んなわけない。それに、真夜中に人のスマホを大人のオモチャかってくらいバイブさせる、あのいまいましいＬＩＮＥグループ。なんで、あんなグループにいまだに参加してるんだろう？　考えれば考えるほど、確信は深まっていった。そう、わたしはずいぶんとたくさんの時間を、自分が好きでもない人と、行きたくもない場所で、やりたくもないことをするのに使ってるのだ。

それって、サイテーじゃないか。


あれこれ考えているうちに、わたしの中でとある計画がムクムクとわきあがってきた。カトリンをわたしの人生から追い出しただけで、あれだけ突き抜けてハッピーになれたのだ。だったら、似たようなことは全部やめてみたら？　自分が心から望むことだけ残して、それ以外はすべて捨てちゃう。そうしたら、いったいそこにはどんなに幸せな人生が待っているんだろう？


たとえば、職場で同僚から飲みに誘われたときにこう答えられたら。「ありがとう、でも、仕事帰りに一杯やるのはやめとくわ。ううん、『今日はやめとく』じゃなくて、基本そういうのはしないことにしてるの」。このほうが、毎回苦しまぎれの言い訳をでっちあげては、後日ウソがバレないように気を使うより精神衛生上ずっといい。だって、下手したらこんな感じで即バレだもん。

「そういえば、妹さん、もう大丈夫？」

「え？　妹なんていないけど？」

ホント、よくある話だ。

「……というわけ。わかる？」その日の晩、わたしはキッチンで野菜をサイの目切りにしているＬに自分の計画を説明した。「うーん、まあね」Ｌの答えは歯切れが悪い。「たださあ……その計画って、結局は思いやりゼロのエゴイストになろうってことじゃないのか？」「はあ？　違うってば」と否定はしてみたものの、たしかにＬの言うとおりだ。この「自分解放計画」には、少なからず「ムカつくやつ」になりさがる危険がある。でも大丈夫、絶対うまくやってみせる。わたしはやる気まんまんだった。輝かしい人生はもうすぐそこ。自分の時間と労力（それに、お金も）を、自分が楽しいと思えること、楽しいと思える人、楽しいと思えるシチュエーションにだけ使うんだ。そうしたら、どんなに幸せだろう！

「ね、おまえもそう思うよね？」息子にそう言ってみた。息子はちっちゃな両腕を広げて、わたしの脚にぎゅっと抱きつく。そうして、高らかに言った。

「チョコレート！」またか。それは息子の最近のお気に入りワードだった。

そう。チョコレートだ。

人生はもっとたくさんの自由や、ゆとりや、自分の意志、それにチョコレートとともにあっていいし、逆にカトリンみたいなザンネンな人や、クソみたいなＬＩＮＥグループや、職場の飲み会はもっともっと少なくていい。そう思っているあなたは、この本を手にとって正解だ。この本が、そういう「いらないもの」を華麗にスルーするためのヒントや後押しになればうれしい。というわけで、ここからの章では、こんなことを学んでいこう。

・何かや誰かを上手に「スルー」する方法
・それでいて、他人から「ムカつくやつ」と思われてスルーされない方法
・自分にとって大事なこととそうでないことを見きわめる方法
・人生の質を大きく変える、ちょっとした決断について
・わたしが実際にいろんなものを「スルー」するうえで踏んできた数々の地雷について

ひとつ、ぜひ常備しておいてほしい、とても役に立つ心得がある。何かやりたくないことが目の前にあって「あーあ、自分が心からやりたいこと以外、やりたくないな……」って思ったとき、わたしはいつも、実際にそうしている人を思い浮かべることにしている（息子もその一人だけど、幼児だから除外で）。その人の名は、〝マックス〟。

マックスは十代の頃からの友人で、今ではものすごい勝ち組ビジネスマン。身長が二メートル五〇センチぐらいありそうな堂々とした魅力たっぷりの男なのだけど、彼はとにかく、自分がやりたいこと以外は絶対にやらない。ＬＩＮＥグループ不参加は言うまでもないし、会社のクリスマスパーティーだって、顔を出すのは気が向いたときだけ。それでいて部下からはいつも人気があって、友人も多いし、すてきな家庭ってやつを築いてる。

マックスは、他人の引っ越しの手伝いはしない。付き合いで友人の詩の発表会に行くこともない。たとえ何百回頼まれても。でも、それで何の問題もない。彼はそういう人だし、みんな変わらず彼のことが好きだ。

たとえば「悪いんだけど、ちょっとこの書類をチェックしてくれる？」と頼まれたら、わたしなら、ほぼほぼこう答えちゃう。「もちろん。見せて？」それで結局、自分の時間がなくなって、ストレスを溜め込み、あげくのはてには自分で自分に腹を立てることになる。

これがマックスなら、書類のチェックをお願いできるかと聞かれても「いや、だめだね」のひと言。しかも、それで何の支障もない。彼は自分の時間を好きなように使えて、ストレスもゼロ、自分に腹を立てるなんてこともない。そのうえ、それだけはっきり断っても相変わらず人気がある。だって、それでもやっぱりマックスはとびきりいい人だからだ。

今回いろんなものを「スルー」するうえで、マックスには何度も助けられた。あやうく屈しちゃいそうな場面ではいつも、「こんなとき、マックスならどうするだろう？」って想像してみた。すると、あの体感二メートル五〇の堂々たるマックスが、わたしの横に立っているような気分になる。そうして、こうささやいてくれるのだ。「いやあ、きみは絶対そんなことしない、そうだろ？」。あなたの周りにも、そういう人っている？　いるならぜひ、頭の中であなたの横にいてもらおう。「そんな知り合いいません」っていうなら、わたしのマックスを貸してあげる。

さあ、これで準備ＯＫ。さっそく始めよう。

CONTENTS

第3章 家族、親戚

第4章 仕事

第5章 出産・子育て

第6章 恋愛・結婚

第1章

「自分」について

DIE EIGENE PERSON

スルーしてみた 外見 1

〝まつ毛バッチリ〟にするくらいなら、ソファーでスマホをいじっているほうが幸せ

「自分」というテーマを最初に取り上げるのは、ある意味すごく自然なことだ。だって、わたしたちは常に心のどこかで漠然と「もっと○○な自分にならなきゃ」と思いながら生きている。ヒップはもっときゅっと小さく、だけど預金はもっとたっぷり。もっと自分に自信を持って、恋愛だってもっと大胆に。それに毎日運動もしなきゃ――。というわけで、まずはこの話題からいこう。そう、自分の「外見」について。

外見っていうのは、ほんとにめんどくさい代物だ。今でも覚えているのだけど、あれはまだ十代の頃、母と二人で歩行者天国を歩いていたとき。ぶらぶら楽しく歩いていたら、母が急に立ち止まって呆然とした顔でわたしを見つめた。——うららかな昼どきの歩行者天国で、母は唐突に気づいたのだ。すれ違う男性たちの目が、自分ではなく娘のわたしに向けられるようになったことに。パチンと、まるでスイッチでも切り替わったみたいに。

それを聞いた当時のわたしは、てっきり母が落ち込んでいるんだと思った。でも、実はまったく逆だった。最初の驚きが消え去ると、母はすっかり上機嫌になった。「これでやっと肩の荷が下りたわ」って、にやっと笑って。

当時まだティーンエイジャーだったわたしには、まるで意味がわからなかった。異性から見向きされなくなることの、何がそんなにうれしいの？　それって、一番大事なことなんじゃないの？　あーあ、自分もいつか母みたいなオバさんになっちゃうんだろうか。そしたらどうか、その頃までには技術が進んで、せめて外見だけは若さを保てる時代になりますように——。

そして、現在。じっくりたっぷり鏡とにらめっこしたうえで、確実に言えることは——そんな技術は夢のまた夢ってこと。でもそのかわり、今のわたしには当時の母の気持ちがわかる。あのとき、にぎやかな街の歩行者天国で母が肩から降ろした重荷は、母自身が背負ったものだった。母もまた「美人ですてきな自分」っていう理想の自己イメージにむりやり自分を合わせようと苦心していた。それって、すごく骨の折れることだ。しかも、歳をとればとるほどに。やがてどんなに努力してもムダになったところで、母はようやくその苦行から解放された。「アタシはもうイチ抜けたから」って感じで、ソファにふんぞり返れる人生になったってわけ。

一方、わたしはまだ「イチ抜け」できる年齢じゃない。だけどもし、あえてイチ抜けてみたら？　慌ただしい月曜の朝にありったけの小道具を駆使して自分をきれいに見せようと悪戦苦闘したりせず、ゆったりソファでくつろげる暮らしが手に入ったら……？　それは、あまりにも魅力的な想像だった。

わたしたちは、他人のために「きれい」になろうと努力する。いつだってそう。あのアイライナー＋マスカラ＋コンシーラー＋パウダー＋その他もろもろの完璧メイクを「自分のためにやってるんですけど！」って主張する人もいるかもしれない。でも、たぶんその根底には、やっぱり他人への意識があるわけで。そうやって完全武装することで、自信をもって他人や世界に向き合える、そういう感覚が心のどこかにあるんだと思う。それはそれで大事かもしれないけど……それってつまり、パン屋の店員さんや、同僚や、電車に乗り合わせた赤の他人や、社食のおばちゃんや、保育園のママ友や、スーパーのレジ打ちバイトさんからの評価が気になるってことだ。礼儀正しさでも、仕事ぶりでも、購買力でも、食事マナーでもなく、「自分の見た目」に対する評価が。

もちろん、毎朝ドラァグクイーンみたいにバッチリきめたい！　っていう人はそれでいい。でも「同僚の□□さん（または、保育園の△△君のママ）に今日のまつ毛をどう思われるかなんて、別に関係なくない？」と自問してみて「ですよね！」と強く思ったなら、毎朝コテコテに化粧するのはやめてみるのもアリだ。脚のムダ毛処理だって。そしたら、うっかり手が滑ってバスルームが血の海に……なんて慌ただしい朝とはおさらばできる。かわりに、ゆったりコーヒーのおかわりなんかして。なんならソファーに丸まってスマホでパズルゲームの「キャンディークラッシュ」をもう一ラウンドできちゃうかもしれない。なにそれ、最高すぎる。

あなたの本当の気持ちを、ぜひ一度次のページのチャートで確かめてほしい。

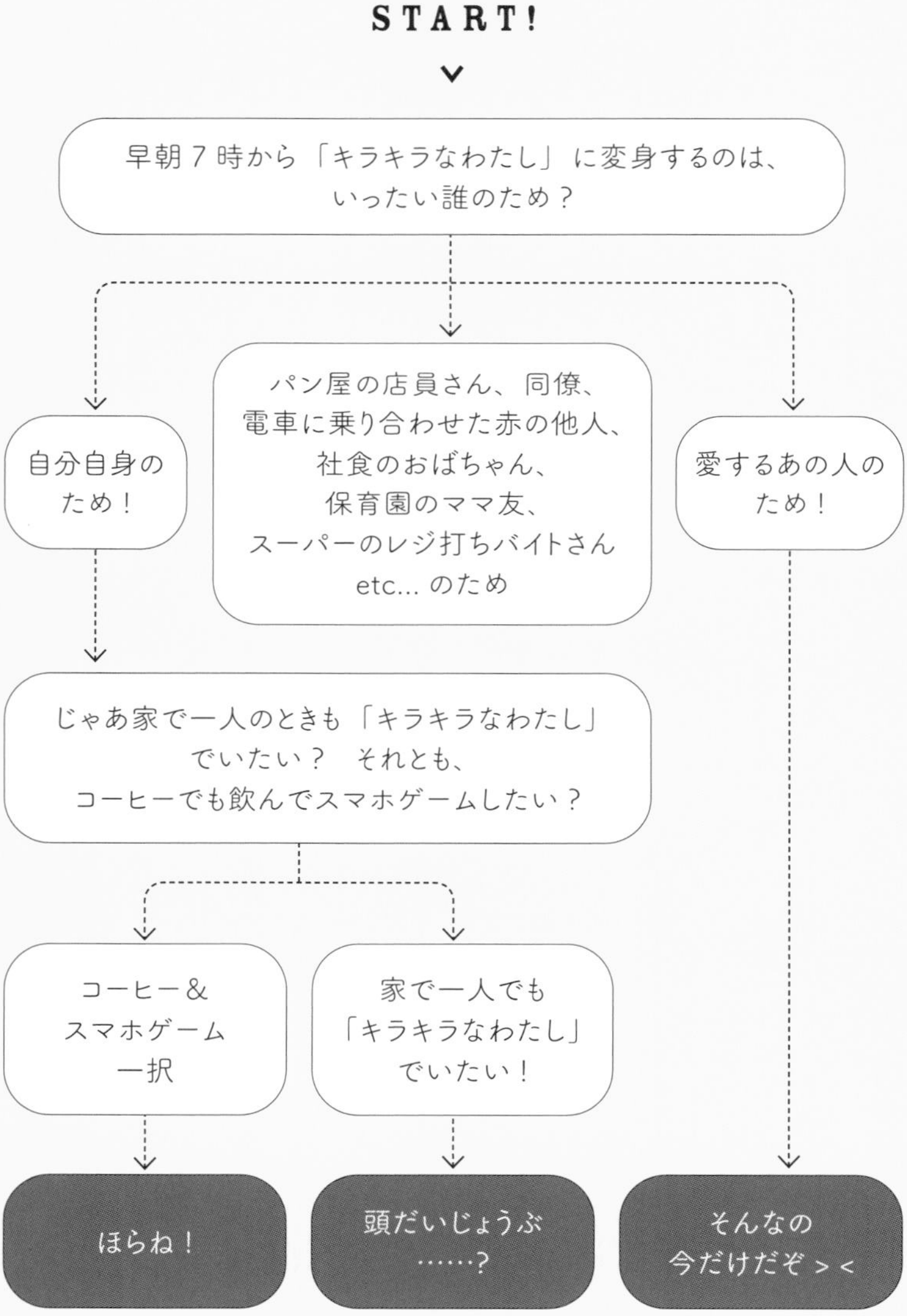
START!
早朝7時から「キラキラなわたし」に変身するのは、
いったい誰のため？
自分自身の
ため！
パン屋の店員さん、同僚、
電車に乗り合わせた赤の他人、
社食のおばちゃん、
保育園のママ友、
スーパーのレジ打ちバイトさん
etc... のため
愛するあの人の
ため！
じゃあ家で一人のときも「キラキラなわたし」
でいたい？　それとも、
コーヒーでも飲んでスマホゲームしたい？
コーヒー＆
スマホゲーム
一択
家で一人でも
「キラキラなわたし」
でいたい！
ほらね！
頭だいじょうぶ
……？
そんなの
今だけだぞ ><

ノーメイクでパン屋に行くだけでとんでもない快感にひたれるなんて……

翌日、日曜日の朝。わたしはさっそくこの計画を実行に移してみた。ボサボサ髪にノーメイク、ヨガパンツにダボダボのTシャツに手にはゴミ袋という、ご乱心時代のブリトニー・スピアーズなみの恰好で玄関を出る。これであとは街路樹の陰にパパラッチでも隠れてればカンペキだ。激安スーパー近辺をうろつくアル中のホームレスに間違われても困るので、首には念のためオシャレなスカーフを巻いてみた。

目的地のパン屋に到着するまでの間に、すでにものすごい発見があった。……なんだこれ、全然イケる。予想に反して、「ひどい身なりで出歩いてる」っていう不安や気まずさはこれっぽっちも感じない。それどころか、むしろ貴婦人気分だ。自信に満ちて毅然とした気高い女性。メイクなんかしなくても、その存在感だけでキラキラオーラを身にまとうキレイ女子。そう、マスカラなんかいらない！　みんな、わたしを見て！　何かをとっぱらっただけで、こんなに気が大きくなるなんて。身長三メートルくらいになった心持ちで、わたしはパン屋のドアをくぐった。ああ、なんかもう店じゅうを練り歩いてクイーンのフレディ・マーキュリーばりに高貴なお辞儀をキメてまわりたい気分——おっと、レジの順番がきた。こうしてわたしは、生まれてはじめてパン屋の店員さんより上機嫌に会計を終えたのだった。

ウキウキで帰路につき、家人から不審者に間違われて門前払いされることもなく無事帰宅したわたしは、次なるステップに移ることにした。作戦第二弾は「何もしないで職場に行くこと」。わたしはふだん在宅勤務も多いのだけど、出社しなきゃいけない日もそこそこある。勤め先は広告代理店だ。ご存じの方もいるかと思うが、広告代理店のオフィスっていうのは、とにかく何から何までオシャレで、モダンで、これでもかってくらいクールぶってる。休憩室にはお値段も重量も軽自動車くらいはありそうなコーヒーメーカー。トイレにはレモングラスの香り漂うハンドタオル。果物とミニチョコの載った小じゃれた小皿がオフィスのあちこちにさりげなく置かれてたりする。やたらとガラスやメタルを多用したインテリアのせいもあって、どこもかしこもピカピカのキラキラだ。「大切なのは中身」って言葉がこれほど似合わない場所もない。いや、もちろん社員は違いますよ？　だけど社員は社員で、そんな環境にふさわしい装いを心がけていた。要するに、誰もかれもがオシャレで、モダンで、これでもかってくらいクール。ちなみに、サブカル系のオシャ

ノーメイクの快感に
ひたってみる

レ男子にありがちな黒縁メガネや、おしゃれヒゲや、ツーブロックや、ダルッとしたニット帽や、その他「えぇ……それほんとにおしゃれ？」って聞きたくなるような謎アイテムは、だいたい起源をたどれば広告代理店発祥だったりする。

そんな場所に、わたしはこれから「裸一貫で」乗り込もうとしてるわけだ。まあ、最近ヌードルックとかいうナチュラル系メイク（ナチュラルどころか、今回のわたしはドすっぴんの予定だけど……）も流行ってるし、何とかなるでしょ。

「あっはっは、ヌードか、いいね」その晩、Lはそう言って大ウケしていた。わたしは「あはは」とカラ笑いで応じて、Lの横っ腹をつねってやる。

「いや、でも実際いいんじゃないか？　それなら見た目が地味になるだけだし、ぼくも朝あまり待たずにフロに入れるしさ」Lはそんなこと言って満足げだ。

でも「地味めのナチュラル系」＝「ノーメイク」だなんて信じてるのはシロウトだけ。知らない人のために説明すると、ナチュラルなすっぴん風にみせるには、かなりの大仕事が必要になる。まず、メイク下地をメイクブラシにとって、鼻すじから顔のきわに向かって丁寧に広げる。髪の生え際あたりはほどよくぼかして。次に透明感を演出するフェイスパウダーを大きめのブラシにのせて、円を描くように顔全体に。それから斜めカットの眉用ブラシとブラウン系のパウダーで自然な眉のカーブを演出。もちろん、崩れ防止にアイブロウジェルは必須。
お次はアイメイクだ。まぶた全体にアイシャドウベースをのせたら、アイホールに明るいブラウン系アイシャドウを入れて、二重部分は濃いめのブラウンで引き締めて。上まつげの際にリキッドタイプのアイライナーですっと細い濃茶のラインを引いたら、今度は細筆とアイシャドウで下まつげの際に同色のアクセントを。さらに、上下のまつげにロングタイプかボリュームタイプのマスカラをさりげなくオン。ファンデよりワントーン明るいコンシーラーで目のクマをカバーしたら、できるだけナチュラルなチークを頬骨にそって軽くぼかして。仕上げに薄づきのグロスかマットなリップで唇に自然な赤みをプラスして
――これで完了。

思ったとおり、Lは愕然としていた。
「……ウソだろ?」とすがるように尋ねてくる。ところがどっこい、これが厳しい現実なんだな。でも今回、わたしはこの「ヌードルック」を思いっきり文字どおり解釈して、完全なるノーメイク出社をキメようと計画していた。といっても、さすがにヨガパンツはまずいので、下だけはジーンズにしとこう。

本音はときどき凶器にもなる
同僚ドレーゼルにもらった強烈なパンチ

「だったら、とことん徹底しろよな」翌朝、一応最終チェックをと玄関先の鏡に目をやりかけたわたしに、Lはそう釘を刺してきた。その日、わたしは実にゆったりした幸せな朝のひとときを満喫していた。のんびり朝ごはんを食べて、息子をハグして、窓を開けて「うーん」とひと伸び、鼻歌なんか歌っちゃったりして。しかも「キャンディークラッシュ」を二ステージもクリアできたし。もう最高。いつもみたいに大半の時間をバスルームに引きこもり、クローゼットをひっちゃかめっちゃかにして、最後に慌ただしくコーヒーを一口(山火事にバケツで水をひっかけるみたいに)流し込んでバタバタ出かける朝とは大違い。

シリアルの小皿片手に玄関先まで見送りにきたLは、そんなわたしにこう言い放った。「外見なんて気にしないんだろ? だったら出かける前に身だしなみチェックする必要もないじゃん。ほら、鏡を見ない!」

……クソ、たしかにLの言うとおり。心の底から「見た目なんてどうでもいい」と思っていたら、鏡なんて見なくていいわけで。気づけば結局、わたしは性懲りもなく頭の中で

「すてきな自分」を想像していたらしい。ラフなスタイルでロサンゼルスの街角を闊歩し、フィットネスジムに向かう休日のハリウッド女優みたいな自分。サングラスに、ざっくり手ぐしでまとめた無造作なポニーテール。ルーズなおくれ毛がさりげなく、でも華やかで——。うん、「外見なんてどうでもいい」なんてウソだった。要は目指すイメージが「バッチリおしゃれなわたし」から「ラフで無造作なわたし」に変わっただけじゃん。

いいだろう、なら玄関先の鏡からOKサインをもらうことなく出かけてやろうじゃないの。

「……あ、でも歯の間に何かはさまってたら教えて。あと、髪がアンテナ状態だったりとか」

「りょーかい」Lはニヤニヤ顔だ。このハッタリなのかそうじゃないのか判別しかねる表情、ほんとムカつくな。

職場に向かう間は、停まってる車の窓ガラスで自分の姿をチェックしないようにするのに必死だった。人ってなんでこうアホみたいに、ついつい自分に目をやってしまうんだろう。日曜日のパン屋のときとは違って、クイーンばりの高貴なお辞儀をふりまく気分にはとてもなれなかった。むしろ、めちゃくちゃ居たたまれない。わたしは極力目立たないようにコソコソと階段を上がり、通路を抜けて、オフィスにすべり込んだ。ああもう誰よ、広告代理店のオフィスはどこもかしこもガラス張りにすべしなんて決めたヤツは！「おはよ」同僚のエヴァ・ドレーゼルに小声で挨拶しつつ、どうか何も気づかれませんように、と心の中で祈る。「やだ、何それ、どうしたのよ？」……あ、だめだ。祈りは通じなかったっぽい。

「別に？ そんな、毎日毎日バッチリきめて出社しなくてもいいでしょ」わたしは言い返しつつ、「ちょっと大きめだけど別に気にしてません」風ジーンズをつまんでみせた。「まあね、もちろん」そう答えるドレーゼルはやけに楽しげだ。……楽しげっていうか、今もしかして失笑された？

「ちょっと、なに今の？ え？ そんなにヤバい？ ねえ、教えてってば！」わたしは一気に弱気になって必死にせがんだ。そして、今回の「外見なんてスルー計画」について洗いざらい白状したのだった。「……というわけ。で、どうなの？ そんなにヤバい？」すがるように訊くわたしに、ドレーゼルは「マジレスしてほしい？」

「お願いします！」わたしは激しくうなずいた。

「じゃ、マジレスするけど——今まで見たなかで一番ヤバいわ、**それ**」バッサリひと言で切り捨てられた。「二〇一二年の忘年会のアレを上回ってるわね」。は？ ……いやいや、それガチでヤバいやつじゃん！ 秒でトイレに駆け込んだわたしは、ドレーゼルに完全同意せざるを得なかった。「……うん、ないわ」鏡に映った自分にうなずきかける。だって、あまりにもイタすぎて。だらしなく腰に引っかかったジーンズは、「ゆったり無造作なボーイフレンド・デニム風」っていうよりも「激安酒店の前にたむろするホームレス風」。頭のてっぺんから垂直に突き出たアンテナみたいな寝ぐせのおかげで、ホームレス感がさらにアップしてる。……Lのヤツ、あとで絶対シメる。トイレまで付いてきたドレーゼルは、わたしの寝ぐせを指でつまんで「ピコーン、ピコーン」って揺らして遊んでるし。ひとしきり遊び倒したのち、彼女は「ほら、直してあげるから」とメイク落としシートを取り出して、頬にべったりついてた息子のチョコ付きキスの跡を拭きとってくれた。

どうして「職場でノーメイク」は撃沈したのか

頼もしいドレーゼルが（彼女の力のおよぶ限りで）がんばってくれている間、わたしはぐるぐる考えていた。なんでパン屋では全然オッケーだった装いが、広告代理店では通用しないんだろう？　この恰好で職場を歩き回るのが、なんでこんなに恥ずかしいんだろう？ほっぺたにチョコつけたまま出社しちゃって、恥ずかしい！　ってだけの話ではない気がする。じゃあ、なんで？　パン屋の店員さんより職場の同僚の目のほうが気になるから？　シナモンロール相手なら、どんな恰好でもへっちゃらだから？　ホームレスルックじゃ「仕事のできる女」って感じがしなくて、自信がもてないから？

ううん、違う、そうじゃない。原因はたぶん、もっと別のところにあるんだと思う。つまり……うちの職場では、誰もがパリッと小ぎれいに装おうと努力してる。なぜかというと、それが暗黙のルールだからだ。これって、たとえばオペラを観にいくときと似ている。聴衆は美しく着飾って歌劇場に足を運ぶわけだけど、ぶっちゃけお客が正装だろうが普段着だろうが、オペラ自体の出来にはこれっぽっちも影響ないわけで。歌手の声の良し悪しも、舞台美術も、演出も、別に変わらない。だから本来、聴き手の服装はジーンズだろうが作業着だろうが、はたまた短パンだろうが、何だってかまわないはず。それなのになぜ、お客は正装で歌劇場を訪れるんだろう？

タキシードにポマードできめる男性陣に、イブニングドレスで着飾った女性陣。艶やかなエナメル靴に、キラキラ輝くジュエリーに、高級バッグ……。それはきっと、そういう装いも「オペラ」の一部だからだ。オペラそのものって意味じゃなく、「歌劇場にオペラを観にいく体験」の一部っていう意味で。劇場ロビーで飲むシャンパンや、天井を飾るシャンデリアや、見渡すかぎり続くビロードの赤絨毯だってそう。そういうもの全部をひっくるめたものが「オペラ」で、それはわたしたちに不思議な魔法をかけてくれる。ほら、あの歌劇場独特の神聖な空気——あの空気があるからこそ、聴衆はしゃきっと正装して劇場に「足を運ぶ」わけ。

普段着でだらしなく「転がり込む」なんて、けっして許されない。そんな場所にうっかりジーンズで出向いてしまった輩は、せっかく正装して劇場に集まった人たちの「何か」を台無しにしてしまう。期待に胸をふくらませて美しく着飾ったり、バスルームで鏡に向かって一生懸命にヘアセットしたり、そういう周囲の人たちの努力を、そいつは意図せずあざ笑ったも同然なわけで。だから、気まずい空気になっちゃう。

もちろん、広告代理店のオフィスはオペラ歌劇場とは違うけれど、それでも一種の「舞台」だという点は同じ。そこで働く社員たちは、その舞台を毎日くり返し演じてる。なのにわたしは、そういう場所に「外見なんてスルー」な装いで乗り込んでしまった。だから、みんなが演じている「場」をぶち壊してしまった感じがして、気まずかったんだ。要は「空気読めてなかった」ってこと。……と、あれこれ考えているうちに、ひとつ気づいたことがある。わたしがスルーすべきは「外見そのもの」じゃなかったんだ。大事なのは、「こういう外見でいなきゃ」っていう思い込みをスルーすること。――よし、そうとわかれば来週の同窓会には、めいっぱい着飾って登場してやる。昔玉砕した初恋の人に、目にもの見せてやるんだから！

というわけで、外見スルー計画はあきらめたわたしだったが、ゆったり過ごす朝の時間はその後もなんとか死守している。ま、そのために定期的に総額一万円近くはお財布から出ていっちゃうんだけど。ちなみに、何にそんなに費やしてるのかというと……

・シャネルのリキッドファンデ
・ボビイ ブラウンのアイペンシル

これが、わたしの新しい相棒たち。お値段はだいぶ張るけれど、その効果ときたらもう魔法みたいだ。この二つさえあれば、いつでもなりたいときに、たった五分でささっと「キラキラなわたし」になれる。で、この「なりたいとき」っていうのが、意外とひんぱんに訪れるんだよね。

スルーしてみた 2

自分磨き

「努力すれば理想の自分になれる」は嘘！ 無理してもロクな結果にはならない

人は人生のある時点で「ああ、水着の似合うスレンダーボディなんて、自分にはもう何の役にも立たないんだな……」って悟るわけだけど、この時期さらに苦い現実に気づかされることがある。たとえば、わたしの場合は「このぽっこりお腹とは生涯おさらばできないっぽい」と悟ったのとほぼ同時期に、もうひとつ別のことにも気づいた。「わたし、たぶん一生だらしないままだな」と。これから先もきっと、わたしは確定申告をぎりぎりにすませ、前もって用意しときゃいいのに毎年毎年クリスマス・プレゼントの調達に追われ、女友達と飲んだ夜はついついタバコに手がでちゃうんだろう。健康に悪い？　言われなくたって知ってるわ！

昔から、自分の嫌なところや悪い習慣をならべた「直したいことリスト」をつくってきた。ホントにしょうもない、ぐだぐだと長ったらしいリスト。そこには、Lに「直してほしいこと」も含まれてた（本人的にはめちゃくちゃ心外らしいけど）。以前のわたしは生活改善への意欲に燃えまくっていて、そんなわたしの「直したいこと」リストから逃れられたのは、犬と息子だけだった。犬にはどんなに言ってもムダってすでに思い知らされてたし、息子の場合は「しつけ」っていう形でまた別のリストを用意してたので。

がんばって努力さえすれば、いつかきっと理想の自分になれるはず――以前のわたしはそう信じていた。ヨガやピラティスに定期的に通って、朝市で健康にいい旬の食材を買って。「とりあえず三メートル先から蔵書すべてぶち込みました」みたいなカオス状態の本棚だって、いつかきっと片づくはず。クリスマスは準備万端で心穏やかに迎え、息子とクリスマスソングなんか歌いながらクッキーを焼いたりして。プレゼントに飾りつける天然の松ぼっくりもばっちり用意して、ネットでラッピング方法をのんびり検索――。そんな暮らしが、いつかきっと訪れるはず。ちなみに予定では、その頃には毎夜Lと二人で「上質なひととき」を過ごせてるはずだった。ロマンチックなムードの中、熱烈に愛の言葉をささやくL。わたしはちょっと困り顔で「やだ、もう……ここレストランよ？　周りに聞こえちゃう」なんて微笑んだりして。そう、これよこれ。これこそ、わたしの本当の人生なんだから。それが現実になるその日まで、なんとかがんばらないと――。思えばあの頃のわたしは、完全に「はらぺこあおむし」状態だった。お菓子やリンゴやチーズ入りパンをせっせと食べて、そうすればいつの日かきっと美しいチョウチョになれるはず、って。

今にして思えば、これってよくある「〇〇さえすれば……」的な思考のワナだ。わたしたちはいつだって「理想の自分」を思い描く。で、「しかるべく努力さえすれば、きっとそういう自分になれるはず」と思い込んじゃう。ところが、現実はそう簡単じゃない。なのに、世の中やファッション雑誌や人生アドバイザー連中は、こんなメッセージをひっきりなしに発信してくる。

「がんばって努力さえすれば、どんなことでも実現できますよ！」

いやでも、それって嘘ですよね。だって周りを見回せば、みごとに「あおむし」だらけだもの。

万年「あおむし」なわたしたちは、いつも何かに後悔してる。またネットのダラ見で午後が終わっちゃった、今日もタバコをやめられなかった、カロリー激高のケーキについ手がでちゃった、なのに腹筋はサボっちゃった……、ああもう、それにクリスマス用の松ぼっくりも案の定バタバタで用意できてないし！　しかたない、今年も一〇〇円ショップで間に合わそう。年が明けたら新年会。昨年のウサを晴らそうと、あおむしたちは飲むしかない。あ、誰かタバコ持ってない――？

完全にドロ沼だ。

かといって、少しでも理想の自分に近づかなきゃと思い立って「自分磨き」してみたところで、基本ろくなオチにはならない。可愛いかごバッグなんかひっかけて自転車で朝市に向かおうものなら、まあだいたい急に雨が降り出す。で、犬の散歩ヒモが自転車の車輪に引っかかって、役立たずのかごバッグがひっくり返り、せっかく買った有機野菜の数々が近くに停まってたワゴン車の下にゴロゴロと……みたいな。そこまでの災難はないにしても、実際にやってみると「なんか思ってたのと違う」ってなる場合が多い。自分磨きをしてるはずが、全然「自分らしくない」ことをしてる自分に気づくからだ。

バラの花びらとアロマで優雅なバスタイム……のつもりが、悲惨すぎる結末に

「なんか思ってたのと違う……」って、わたしもそういう経験がある。たとえば前に書いた『幸福プロジェクト』って本のなかで、「日々のささやかな幸せ」を楽しむ実験をした。そのときのザンネンな体験がこちら（あ、もう読んだって人や興味ないって人は、40ページまで飛ばし読みしてもらって全然OK）。

（……）パッと頭に思い浮かんだのは、女性向け雑誌の「自分にご褒美を」みたいな特集で必ずと言っていいほど目にする、お約束の光景だった。アロマキャンドルとバラの花びらに彩られたバスタブの中で、髪をアップにまとめた女性が満足げにくつろいでいる。写真手前には、たぶん今まさに女性が浸かってるのだろうバスオイルの容器が。ラベンダーだかアロエだかナチュラル成分だかハーブバターだかが配合されたバスオイルで、「肌にしっとり潤いを」とか「深いリラックスタイムに誘う……」みたいな売り文句が添えられてる。

この手のイメージにとにかく影響されやすいわたしは、次の日さっそく小じゃれたバスグッ

ズ・ショップに足を運んだ。店内には、色とりどりの入浴剤やバスソルトやバスボールがところ狭しと並んでいる。わたしは悩んだすえに、顔用パックを一つと、赤みを鎮めて赤ちゃん肌にしてくれるバラの香りのバスオイルを買うことにした。それと、天然スポンジも追加。いざバスタブに浸かったら、こいつをイイ女風に首すじに沿わせようって考えてのことだ。バラの花びらだってバッチリ用意した。とにかく、細かいとこまでイメージどおりにいかなくちゃ。

そして日曜日の夜、ついに時はきた。「自分とのデート」のひとときが。え、何それって？　わたしたちバスタイム通の間ではそう言うんです！　シャンプーボトルを置いてるカゴの中に、雑誌を一冊スタンバイさせる。バスタブの縁にアロマキャンドルを並べてバラの花びらを散らしたら、蛇口をひねって湯気の立つお湯をバスタブへ。もちろん、買ってきたバラの香りのバスオイルも投入した。残念ながら泡は立たないやつだけど、そのかわり香りは最高なんだから。……お、なんかイイ感じじゃない？　わたしは髪をヘアクリップでまとめて、いそいそとバスタブに入った。まずはお湯の中に体を横たえて、天然スポンジで腕や脚をさすさすしてみる。……うん、楽しい。けど、それも最初だけだった。しかたなく、無理な姿勢のまま腕を伸ばしてカゴから雑誌を手に取ってみる。ぱらぱらとページをめくって……ガンつけるみたいに目をすがめて誌面を凝視。だって、キャンドルの灯りって思った以上に薄暗いから。……とか思ってたら、うっかりヒジが当たって、キャンドルが床に落下しちゃった！　バスマットがロウまみれになったものの、湿気のせいか幸い火は消えてくれたようだ。わたしはほっと胸をなで下ろして、あらためてバスタブに身を横たえた。……なんか、ヘアクリップが後頭部にザクザク突き刺さってるんですけど。それに、お湯に浸かってない部分がだんだんスースー冷えてきた。ぶっちゃけ、すごい不快。あまりに寒いので、つい片腕をお湯に浸けちゃったのがさらにマズかった。濡れた右手で雑誌を持ち直したら、みるみるページが湿っけてしまい、もはやめくることさえ不可能に……。しかもバスタブのお湯は刻一刻と冷めていくし。まずい、なんかここまで、あんまり楽しめてなくない？　焦ったわたしは、バスタブの縁に散らしてた（そろそろしぼみ気味の）バラの花びらをバサバサとお湯に落としてみた。そこからが、さらに地獄だった。

——突然だけど、みなさんは髪の毛にべっとり付いたバスオイルを洗い落とそうとした経験がおありだろうか？　経験者のわたしに言わせると、あれ、三回くらいシャンプーしても取れないから。むしろ、三回シャンプーしてもまだ「ミス・油ギトギト髪コンテスト」に出場できるレベルだし、なんなら優勝できちゃうから。しつこいオイルをなんとか洗い流してタオルで猛烈に頭をガシガシしたら、次はバスタブの後始末。なにしろカミソリで処理したムダ毛混じりの油膜が、バスタブの縁にべっとり張りついてるので。それと、ふと気づいたら体のあちこちに真っ赤な血の跡が――なんてこともあるけど安心してほしい。それ、ベチョベチョになって肌に張りついたバラの花びらだから。……ここまでサイアクな気分でお風呂から上がったのは、マジで生まれて初めてだった。

あれから数年。腹立たしい話だけれど、現在のわたしは相変わらず極上のバスタイムを楽しむアラフォーにはなれてないし、可愛らしくラッピングしたクリスマス・プレゼントとも無縁のままだ。

ダイエットや恋愛は不完全燃焼で、部屋もグチャグチャだけど、人生ってのはそれでいい

そして、それはもっと深いところでも同じ。要は極上のバスタイムに限った話じゃなく、「もっと仕事で成功したい」とか「もっとポジティブな自分になりたい」とか「社交的になりたい」とか……そういう何かしら「今の自分をガラッと変えたい」っていう野望は、だいたい叶いやしない。なのに、人は自分を変えたいと願い続ける。で、その需要をうまく利用したビジネスなんかが世にはびこって、ありとあらゆる欠点ごとに週末セミナーが

開講されちゃう。たとえば、人に好かれる魅力的なオーラを身につけたい？　だったら二万八五〇〇円払って週末コースを受講すればオッケー。ちなみに「どんな講座か気になる」っていう人のために実際の講座紹介ｗｅｂページを覗いてみたところ、なんかよくわからないけど「効果の高い各種メソッド」を使ってるんだそうな。

ところで、みなさんはワークショップとか、セミナーとか、癒しツアーとか、週末コースとか、そういう自分磨きのための催しに参加したことがあるだろうか？　わたしは、ある。それもかなりの数（そのほとんどはリサーチ目的だけど）。でも、そのすべてが効果的だったかというと、正直微妙なところだ。だってフツーにこれまでのセミナー参加歴を考えたら、わたしは今頃もっとポジティブ思考で、もっとお金持ちで、配偶者に暴力を振るうこともなく良好なコミュニケーションがとれてて、守護天使だか精霊だかともとっくに面識できてるはずだもの。

ちなみに、これまでの参加歴の中には、わたしの意志というより周囲にすすめられて受講したセミナーも結構ある。たとえば守護天使のはスピリチュアル好きのアンネの紹介だし、配偶者に暴力うんぬんはＬに受けさせられたやつ。そのどれも、わたしは基本（必要に迫られてというよりは興味本位で）喜んで参加してきた。

ただし、もし今あなたが何か悩みを抱えていて、そういうセミナーを受講してみようかと考えているのなら、これだけは言っとく。**絶対やめとけ。**この手のセミナーにいる人たちは、とにかくひたすらに暗い。なのでセミナー自体も涙、涙のどんよりした展開になりがちだ。参加者のほとんどは似たようなセミナーに通いまくってる常連さんで、その分野のエキスパートですかってくらい自分の悩みに精通してる。もちろん、これは偏見かもしれないけど……こういうセミナーやワークショップが本当に心のリフレッシュに効果的なら、常連さんがどんより暗いままなのはおかしくない？　もっと明るく前向きになっててしかるべき。なのに、内気でコミュ障な女子はワークショップ受講後もズケズケものを言える女芸人にはなれないし、太っちょのＰＣオタクが「プロのナンパ師が教えるモテ講座」なんて受けたって、いきなりモテ男にはなれっこない。

いつだったか、「あなたの内なるパワーアニマル」っていうセミナーを受けたことがあるのだけど（あ、ちなみにわたしのパワーアニマルはオウムでした）、すごく人の好さそうな講師の女性がこんなことを言っていた。「みなさん、自分の価値をもっと認めてあげてください。みなさんの抱えるお悩みのほとんどは、自尊心の低さからくるものなんです」。いや、でも人って多かれ少なかれ自分を認められないものじゃない？　そうじゃない人を、わたしは知らない。――あ、ドナルド・トランプと友達のマックスは別だけど。

どんな欠点だって、それはたぶん生涯その人と共にある。わたしたち「あおむし」は、いつまでたっても美しい蝶にはなれない。「いつかきっと」って思いつつ毎日をダラダラ生きる、それが現実の人生ってやつ。このカンペキなまでに不完全で、不安だらけで、片付かない本棚やたっぷりな体脂肪やマンネリな恋愛に満ちた人生を、わたしたちは今も、これまでも、そしてこれから先も送り続ける。「Es lo que hay（そういうものさ）」ってスペイン人は言う。まるで、人生はテーブルに出されたスープみたいなもので、出された後で味にあれこれ文句をつけたって何も変わらないって言うように。だからこそ、不幸に見舞われてもけっしてくじけず自分の人生の舵をとり、大逆転をおさめた人たちのストーリーが、ものすごく魅力的に映るんだと思う。「やっぱり努力さえすれば何でもできるんだ」って、少しだけ希望を抱かせてくれるから。この手のストーリーに「勇気をもらえました！」って感想が多いのは、たぶんそういうこと。

とはいえ、どれだけ大きな運命の転機に見舞われたって、人間しばらくすれば慣れちゃうものだ。良くも悪くも。だから交通事故に遭ったって、逆に超ラッキーにも宝くじに当たったたって、人生の満足度はいつのまにか「普通」レベルに落ち着いてる。何かを達成したって、それで「人生いつまでもハッピー」ってわけにはいかない。人間っていうのは、そういうものだ。だから、いいかげん気づくべき。どんなに努力したって、叶わないことはある。ただし、それはあなたがダメなんじゃない、誰だってムリなんだ。

休みの日について聞かれたら、こう答えよう。「ジャージ着て家に引きこもってますが、何か?」

この世の中には、自分じゃどうにもできないことが山ほどある。何かや誰かを失えば心はどうしたって傷つくし、うつ病の人がどれだけがんばっても病はそう簡単には治らない。刺激的だけど害でしかないドラッグや恋人から、どうしても離れられない人だって大勢いる。家族や恋人のムカつくところは他人の自分には直せないし、会社の上司や同僚なんてなおのこと。

そもそも人生ってのはときに不公平でクソみたいなもので、それだって人の力じゃどうにもならない。要するに、「うちの母親が/会社の上司が/ぼくが/わたしが、もっと○○だったらなあ」ってどれだけ心から願っても、それはほぼほぼ現実にはならないわけ。なのに、わたしたちはそんな叶わぬ願いを「やりたいことリスト」のかなり上位に書き連ねる。よし、今度こそ。もっとしっかり努力して、過去の自分と向き合って、原因をきちんと分析できたら、そうしたらきっと――。でも、それって間違いなわけ。

どうか気づいてほしい。わたしも、かつて気づかされた。Lに変わってもらうには（ちなみに、Lは脱いだ靴下を洗濯カゴに入れずに、魔法陣さながらにベッドの周囲に脱ぎ散らかすクセがあるんだけど）、彼の前頭葉を改造する以外に方法はないって。それはさすがに、ビビってやめた。

いやでもマジな話、ホントにどうしようもないわけで。今の自分を受け入れて、自分の可能性にも限界があるんだって認めるしかない。つまり、わたしはこれから先も、松ぼっくりを添えた可愛らしいクリスマス・プレゼントとは無縁ってこと。それだけじゃない。こっちのほうが認めたくない事実だけど……わたしは自分が「こうだったらいいな」って思うような、オープンで、好奇心いっぱいで、明るくて社交的で感じの良い人には、どうしたってなれない。

さらにしんどいのは、たとえば誰かに「休みの日に何されてるんですか？」って訊かれたとき、

「そうねえ、テニスとか。あと最近、仲間とヨットに乗ったりしてます。それと、動物保護施設のボランティアとか、市民大学でイタリア語のコースに通ったりとか……ああ、

でも自室のロフトで一人静かに世界の文学を読むのも好きかな。夜には友人と集まってヴィーガン料理を楽しんでます」って答えたら大ウソになるから、正直にこう答えなきゃいけないってこと。

「休みの日？　ジャージ着て家に引きこもってますね」

いろんな人と出会って人脈を広げて……とか、わたしはあまり興味がない。なにせ今ある人脈で手一杯なもんで。それに旅行も別に好きじゃないし。さっきも言ったように、ジャージでも着て家にいるのが一番。これがわたしだし、自分のそういう性格はどうしたって変えられない。てことは当然、他人の性格なんてもっと変えられないわけで。

それでも、自分を責めるのをやめることはできる。理想の自分になれないからって「なんでいつもこうなんだろう……」って落ち込むのを、まずやめてみる。で、「自分にはどうにもできないこと」はサクッとスルーして、どうにかできる部分に集中すればいい。

たとえば毒親との関係がぎくしゃくしてるなら、親本人に変わってほしいと願うより、ダメな親ともどうにか平和にやっていく方法を考える。愛にも幸せにも恵まれない人生を嘆くより、「こんな人生でも、自分はたくましく生きてるんだ」って誇りに思うことを現実的な目標にしてがんばってみる。

だからわたしも、酒とタバコにまみれた飲み会の翌朝、自分を責めるのはもうやめた。「ああもう、また吸っちゃった！　なんで我慢できないかな……」って吸ったそばから後悔するのもやめた。その夜は思いっきり楽しむことにして、そのかわり「あんまりハメはずさないように気をつけます」って自分と約束することにした。それに「もっと自分をいたわらなきゃ」っていうありがちな反省のかわりに、「わたし、なかなか健康に気をつかってない？　やるじゃん！」って斜め上の方向に開き直ってみた。

こんなふうに、自分磨きにも限界があるって気づくことができれば、その限界とうまく付き合っていく方法も見えてくる。そのほうが、「どうしても○○できない……」ってグチグチ嘆き続けるよりもずっと効率的なはず。○○なんて、スルーでいい。

ここで、なにかと思いどおりにいかない「よくある悩み」をいくつかまとめてみた。どれも、思ってる以上に「自分じゃどうにもならないこと」なのに、「どうにかしなきゃ／できるはず」って思い込んでしまいがちだ。

たとえば「収入」とか「○○さんからの評価」とか。次のページのリストを見てほしい。

CHECK!

「よくある悩み」のなかから当てはまるものにチェックを入れて、
空欄にはあなた自身の悩みを書き込んでみて。

- □ 収入
- □ ジャージで家に引きこもってること
- □ 気づけばいつも奥さんの尻に敷かれてること
- □ 他人からの評価
- □ ○○さんのことを、どうしても好きになれない／嫌いになれない
- □ 人間関係
- □ 内気な性格
- □ 問題が起こったとき、うまく対処できない
- □ パートナーが仕事中毒
- □ 依存症の兄弟がいる
- □ 子供が言うことを聞かない
- □
- □

当てはまるものにチェックを入れて、空欄にはあなた自身の悩みを書き込んでみて。そしたら、わたしと一緒に他人事みたいにふんぞり返って、「がんばればできるはず」のアレコレをばっさりスルーしちゃおう。

ほら、すごい気分爽快じゃない？

「自分磨きなんてしなくていっか」って思えるの、最高じゃない？

がんばって何かを克服する必要も、自分のケツを叩く必要も、期待も、「もっと○○な自分にならなきゃ」って焦りも、「変わらなきゃ」っていう思い込みも、ぜーんぶポイで。

だって、そんな必要ないんだから。今のままで全然大丈夫。それに第一、あおむしの何が悪いわけ？　あおむしだって立派な生き物ですから。

スルーしてみた3

捨てられない物

思わず笑顔になる持ち物だけ残せば片付けはほぼOK

「こうならなきゃ」ってイメージを捨て去ると、すごい解放感がある。理想の自分のイメージや、世間が「こうあるべき」って押しつけてくる理想に影響された「なりたい自分」のイメージ。そういう理想を追いかけていると、「なんでできないんだろう」っていう罪悪感や、後ろめたさ、コンプレックス、自己卑下などなど、とにかくネガティブな感情しか生まれない。だからポジティブに生きたいなら、「理想」なんてスルーが一番だ。でも、なかには「いきなり全部をスルーなんてできません」っていう人もいると思う。そんな人は、まず「物」から始めてみるといい。

「物」はスルーの練習にうってつけだ。なんたって、物相手ならスルーしても傷つけずにすむし。

それに、だいたいの人は山ほど物を持っている。今は亡きイーダ伯母さんの形見にもらったキツネ毛皮のマフラー。大枚をはたいて買ったスワロフスキーの派手なシャンデリア。オーダーメイドしちゃったものの今は物置に眠ってる、クルクル回るブロンズ製の仏像――。うん、いいと思う。物を持ってるって、すばらしいことだ。ただし、それは実際に使ってる物か、または持ち主を幸せな気持ちにさせてくれる物に限っての話。たとえば、どんなに亡きイーダ伯母さんを愛してても、イーダ伯母さんの毛皮のマフラーはぶっちゃけちょっと……ってこともある。毛皮のマフラーにありがちなキツネの顔部分、あれがめちゃ不気味で無理、とか。この章でわたしたちがスルーすべきは、イーダ伯母さんや、毛皮のマフラーや、仏像（なんてバチ当たりな）そのものじゃない。そういう物を「捨てられない心理」のほうを、まずスルーしていこう。毛皮のマフラーとか仏像うんぬんは、その後の話。

さて、何かを捨てずに取っておくべき理由は、二つある。

・それを目にすると、つい笑顔になっちゃう
・実際に使っている

以上。たったこれだけ。この二つを頭に入れたうえで、家の中をぐるっと見回してみよう。――あ、今、夫や彼氏に「こいつは……」って疑いの目を向けた人、ソレは今はほっといてよろしい。パートナーは「物」じゃないので。それについては後々「恋愛・結婚」（265ページ～）の章で詳しく説明するので、そのときにあらためて連れてきて。

さて、捨てるべきか迷う物に目がとまったら、さらに左ページのリストを使って、別の基準からもチェックしてみよう。もし「取っておきたい理由」の中に、次にあげる理由が一つでも入ってたら――そいつは迷わず捨ててオッケー。

CHECK!

「捨てようかな」と迷っている物を思い浮かべて、
迷っている理由にチェックを入れよう。

- [ ] まだ新しい／まだ使えるから
- [ ] 人から貰ったプレゼントだから
- [ ] 形見なので捨てられないから
- [ ] また必要になるかもしれないから
- [ ] いつか気にいるかもしれないから
- [ ] 高かったから
- [ ] いつかまた流行るかもしれないから
- [ ] 今、流行ってるから
- [ ] 捨てるのが心苦しいから
- [ ] 昔からずっと家にあるから
- [ ] 仏像を捨てると七年くらい祟られるっていうから
- [ ]
- [ ]

洋服ダンスやシューズラックの中身も同じ。手持ちの服や靴のだいたい四〇パーセントは、次の二つのカテゴリーのどちらかに当てはまるはず。

a　きつくなって着られない／履けない物

b　いつかダイエットに成功したら、また着られる／履けるようになるはずの物

そういうのも、**バンバン捨てるべし。**

ちなみに、このルールに従うと、高級ブランドの仕立てのいいジャケットなんかがお払い箱になる一方で、セクシーな黒レザーのコルセットや、昔おばあちゃんが結婚式に着た古めかしいウェディングドレスは生き残ることもある。なぜって、どちらも見るだけで楽しい楽しい夜の思い出が甦ってくるから。――あ、早とちりしないように。ウェディングドレスを着たLが超ツボだったたってオチだから。

ところで、この章でいう「物」のカテゴリーには、実際の物品だけじゃなく、もっと抽象的な「もの」も含まれる。たとえば、「てにをはの正しい使い方」。これなんか、わたしは個人的に日々スルーしまくってる。あと「肉料理には赤ワイン、魚料理には白ワイン」っ

ていうルールとか。美味しけりゃ何でもいいじゃん、っていうのがわたしの基本スタンスだ。だいたい魚本人も、自分が泳いでる液体が赤ワインか白ワインかなんて、もはや知りようがないわけで。さらに、わたし的にはアメリカ大統領候補も「物」のカテゴリーに入る。もちろん、彼らは（たぶん）実在の生きた人間なわけだけど……わたしにとっては、あくまで自分とは絶対関わりのない「何か」なので。

さて、ここからは、わたしが日々微妙にイラッときている「要スルー物件」をいくつか紹介しよう。これをヒントにあなた自身の「スルーしたいもの」も書き出して。

アメリカ大統領選挙をめぐるメディアの大騒ぎ

これ、ホントに茶番かって思う。よその国の大統領候補に関するムダ知識を、しかも選挙のたっぷり二年くらい前から、問答無用で頭に叩き込まれなきゃいけないなんて。しかもわたしなんて、そのムダ知識を今でもまだ覚えてるんだから。

なんでそんなことに自分の脳みその一部を割かなきゃならないのか、マジで意味がわからない。おまけに、それで知り得たことはといえば「誰が新しいアメリカ大統領になるのか」でもなければ、「誰がアメリカ大統領になるために立候補したのか」ですらない。「今度はどんなトンデモ候補が、大統領候補になるための候補に選ばれたのか」だ。……いやほんと、何なの？　ドナルド・トランプみたいな連中のおかげで、わたしの頭の記憶容量がどれだけムダ使いされたことか！　それさえなきゃ、わたしだって今頃もっと役に立つ知識を蓄えられてたはずなのに。たとえば、ほら……両生類と爬虫類の違いとか。それに、息子の保育園の先生の名前をド忘れして恥をかくこともなかったのに！

「スポーツすべき」っていう風潮

これについては、わたしだって努力はしてきた。そこは誰も否定しようがないと思う。バレーボールに、ジョギング。ジムにも通ったし、個人トレーナーについてみたこともある。格闘技のクラスで若くてたくましい現役の警官男子にヘッドロックをかけられた経験も——あれは、なかなか悪くなかった。まあとにかく、そんな数々の努力のすえに行き着いたのは、「自分はスポーツに向いてない」っていう事実だった。そこに気づくまで、ずいぶん長いこともがき苦しんできた。この地球上で、わたし以外の誰もが健康的なスポーツライフを送ってる気がして凹んだりして。わたしだっていつか、健康食品のCMみたいに公園を楽しげにジョギングする充実ライフを送るんだから——。それが、かつてのわたしの目標だった。今ではそんな目標も、街角ですれ違う汗だくのランナーもろとも、どっかに走り去っていったけど。で、わたしはそれを余裕でスルーしつつ、大きなチョコをにんまり顔で味わうのだ。

「おしゃれヒゲ」ブーム

最近サブカル系男子の間で流行ってる顔じゅうヒゲもじゃなスタイル、あれ、マジで何なのか。

たしかに、初対面のときは「わ、イケメン」って思うかもしれない。でも、なにしろ顔の大半がヒゲで隠れてるから、本当にイケメンかどうかは誰にもわからないわけで。もじゃヒゲの男性とお付き合いするって、要は中身のわからない福袋（しかも、すごいもじゃもじゃで分厚い袋入り）にダメ元で手を出すようなもの。とんでもないハズレを引く可能性だって覚悟しといたほうがいい。

おしゃれ飲食店の小皿料理《タパス》

このタパスってやつ、わたしにはホントに意味がわからない。もちろん、一杯やるときに何か軽めのおつまみを、っていう話ならまあわかる。そういうのはわたしも大好きだ。意味不明なのは、よく友達や同僚どうしで交わされる、「ねえ、タパスの美味しいおしゃれなバルを見つけたんだけど、どう？」みたいなやつ。

そういうお店のタパスって、ちっぽけなお皿にこれまたちっぽけな料理がちょこんと載ってるような代物で、しかもそれを「これ美味しいよ～、食べてみて」とか言って、その場にいる人全員がちょこっとずつ回し食いするのだ。——で、結局、高級ステーキなみの代金を払わされたうえ、空腹を抱えたまま店を出るはめになる。

知る人ぞ知る「穴場スポット」

ホントに理解不能なのだけど、世の中にはいわゆる観光地を嫌って、観光客のいないマイナーなスポットを好んで訪れる層がいる。でもわたしの経験から言わせてもらうと、観光客が多い場所には、それなりの理由があるわけで。きれいな海辺や、ここでしか見られない珍しい建築物、美しい風景——。そりゃもちろん、そういういかにもな観光地には目もくれず、ゴキブリ一匹訪れたことのない真の穴場を目指したいっていうなら、それもいい。工業地帯とか、さびれた街角の薄暗い路地とか、海に下水が流れ込む場所とか。そういう場所って、たしかにちょっぴり冒険のニオイがするものだ。——でも、それって必ずしも良いニオイじゃなくない？　わたしはそう思っちゃうタイプ。まあ、我ながらイケてない考え方だとは思うけど……別にいいでしょ、そんなのスルーで。どうせわたしは、みんなの後ろについていくヒツジですよ。

最近若者の間で流行ってるサブカル系バンドの違い

正直わたしにはさっぱり区別がつかない。誰か、見分けかたを教えてください。

スルーしてみた4

スレンダーボディ

夏は、お腹の肉を凹ませっぱなしで、息が苦しくなっちゃうシーズン

わたしが世間一般に言ういわゆる「スレンダーボディ」をキープできていたのは、一二歳の頃が最後だった。それ以来、わたしの中で「スレンダー」と「ボディ」は二度と交わることがない別々の世界と化している。外交関係のひとつもない、完全なる国交断絶状態。なので一三歳のいたいけな少女時代からこっち（ちなみに一三歳といったら、正直まあまあ昔の話だけど）、毎年夏が来るたびに、水着を着るときはお腹を引っ込めて生きてきた。海辺で、湖畔で、プールサイドで、六月から八月までずっと、大きく息を吸ってお腹を凹ませる。

特に一九八〇年代はヘソ出しルックが大流行とあって、わたしは休む間もなく息を止めっぱなしだった。今にして思えば、その後の発育に影響が出なかったのが奇跡なくらい。

当時人気だった女性誌のおかげで、お腹の目立たない寝そべり方も心得ていた。ビーチにタオルを敷いて水着で寝そべるときは、仰向けに寝ころんで膝を軽く立てる、これ一択。この姿勢が一番スタイル良くみえる。一方、のっぽでやせっぽちの女の子たちは思い思いの座り方ですらりとした脚を強調しつつ、たいていは水着の上にTシャツを着て、ない胸をごまかしていた。人の悩みって、ホントに人それぞれだ。

そんな自意識過剰なわたしの行動パターンも、歳を重ねるうちに少しはマシになったと思う。それでも、根本的なところは結局昔のまま。だから今でも時々、椅子の端に浅くちょこんと腰かけている自分に気づく。なぜかというと、そのほうが脚がすらっとして見えるから。歯並びの悪い人が口を開けて笑わなくなるように、ごく自然にそれが習慣になっていた。ビキニの似合う美ボディが、もうこの歳になったら何の役にも立たないことは、わたしだってよくわかってる。それでも、「スレンダーにならなきゃ」っていう思いはどうしても消えない。わたしの部屋のクローゼットには、きっかりワンサイズ小さいジーンズがぶらさがっている。ムカつくそいつはわたしが下着姿でクローゼットの前に立つたびに、お説教がましく眉をひそめてみせるのだ。でも――これが不思議なことに、実際にわたしが「この人すごくきれいだなあ」と感じる女性は、別にスレンダーな美女ばかりじゃない。堂々と自信に満ちた人は、鼻が大きかったり、髪がボサボサだったり、お尻やお腹が大きめだったり、そういうのをひっくるめて美しいって思う。

もしかしたら（あくまでも、ひょっとしたらだけれど）、スレンダーボディをあきらめきれない心理には、「女性らしさ」とかいう意味不明な価値観や、メディアがさかんにまき散らす女性像も影響してるんじゃないだろうか。だってわたしたちは、日々そういったものにさらされて育ってきたわけで。

いつだったか、まだ三歳そこそこの息子がテレビCMを見ていて無邪気にこう言った。

「女の人はいっつも裸で、男の人はいっつもしゃべってるね」。

……うん、なかなか核心を突いたコメントじゃないか。そう、だから女の子は自分の外見に度が過ぎるほど気を使うようになる。そして一部の人は、一生そこから抜け出せなくなる。この「女性＝裸／男性＝しゃべってる」っていう、子供の目にも明らかな価値観が、スレンダーボディを求める心理の裏側に潜んでるのかもしれない。

いずれにしても、ここらで一度自分の胸に手をあてて考えてみたほうがいい。あなたは本当に心の底から、スレンダーなボディになりたいと思ってる？　左の質問に「はい」か「いいえ」で答えてみよう。

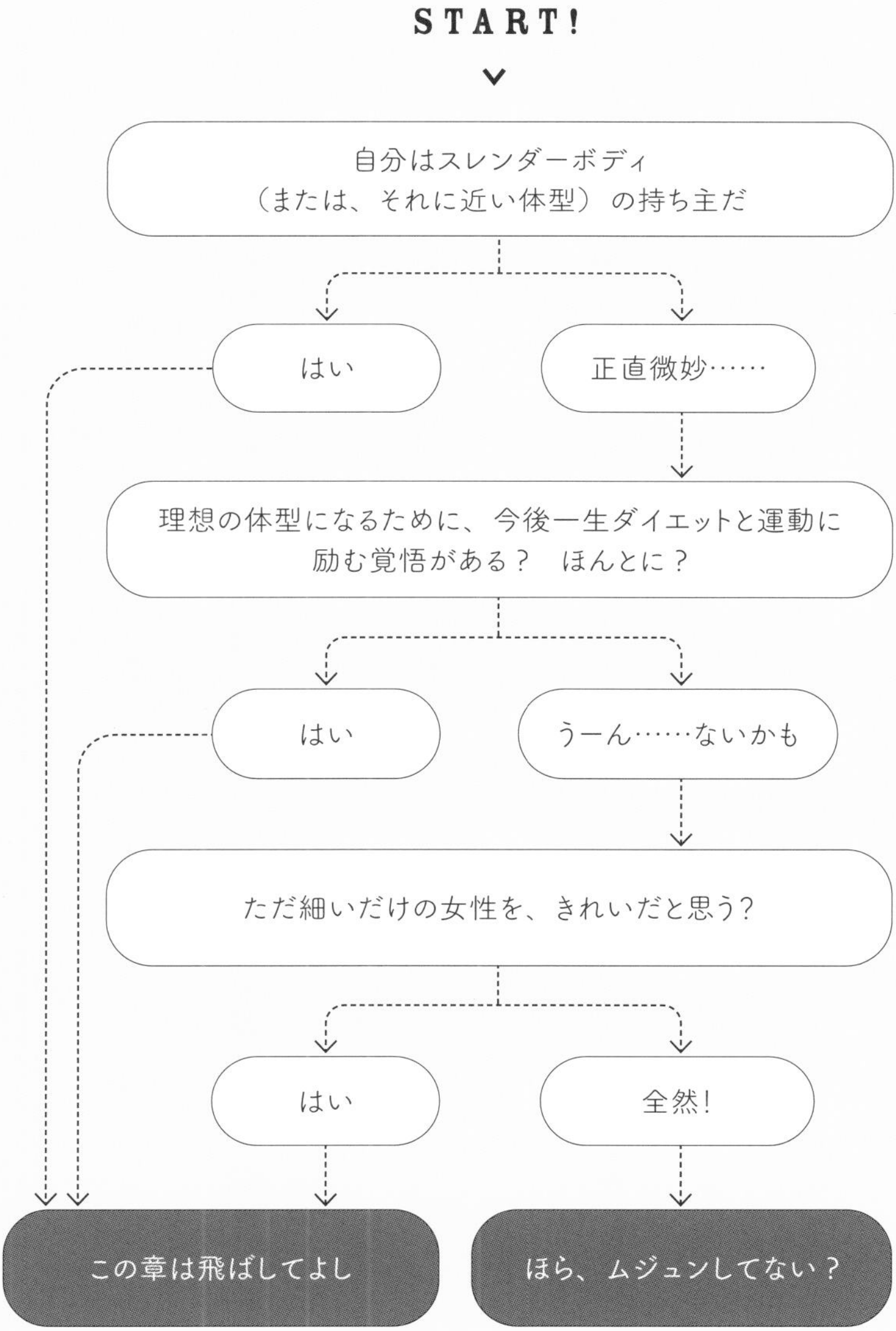
START!
自分はスレンダーボディ
（または、それに近い体型）の持ち主だ
はい
正直微妙……
理想の体型になるために、今後一生ダイエットと運動に
励む覚悟がある？　ほんとに？
はい
うーん……ないかも
ただ細いだけの女性を、きれいだと思う？
はい
全然！
この章は飛ばしてよし
ほら、ムジュンしてない？

楽しいことに夢中になると、お腹のぷるぷるなんてどうでもよくなる

「ビキニの似合うスレンダーボディとか言うけど、結局どんなボディだって水辺でビキニ着てりゃサマになるのよ」湖に向かう車中、わたしは運転席に座るアンネに向かってそう力説していた。

スレンダーボディなんてスルーすべし。この新たな決意をさっそく実行に移すべく、わたしはリサーチのため一日休暇をとって、アンネと二人で湖畔に向かっていた。ちらりとジト目でわたしのお尻を見やるアンネに、「ちょっと！」とツッコミを入れる。

湖に着いたわたしたち二人は、草地の上にバスタオルを敷いた。アンネが薄手のワンピースを脱いでいるのを眺めつつ、いつもながら猛烈にうらやましくなる。すらりと長い美脚に、ぺたんこのお腹、それにドーナツ一つ分のたるみすら許さないスリムなヒップライン。それもそのはず、アンネはヴィーガンで、環境に優しい食品しか食べないうえ、白砂糖も小麦も乳糖も冷凍食品もとらない主義なのだ。一時期なんて完全に断食して、日光浴だけで栄養をとろうとしてた。今では仲間内で定番のからかいネタだけど。

ああ、わたしも来世ではあんな美脚に生まれたい。そしたら毎日ミニスカートやピタピタのスキニーやホットパンツを穿《は》きまくって過ごすのに。

「じゃあわたしは、来世ではもっと胸が欲しいわ」アンネはそう言ってため息をついた。今回、わたしたちは二人ともビキニ持参だった。そそくさと自分のビキニに着替え、堂々たる我が身を露わにしたその瞬間、わたしは自分でも気づかないうちに息を吸い込んでお腹を引っ込めていた。さらにお尻と太ももにきゅっと力を入れ――かけたところで、あやうく思いとどまる。

わたしは意識してふーっと息を吐いた。体から力が抜けて、お腹の肉があるべき場所にぷるんと戻る。「夜寝るときと同じ姿勢で寝そべってみれば？　たぶんそれが自分にとって一番リラックスできる姿勢だと思うのよね」アンネが助言してくれた。なるほど、一理ある。

「どう？　どんな感じ？」しばらくして、ぎこちなく横向きに寝転がったままのわたしにアンネが声をかけた。

「……海辺に打ち上げられたクジラって感じ」とわたし。実際、気分はまさにそんな感じだった。とにかく居心地が悪い。横向き寝でも、座っていても、あぐらをかいてみても。そうするうちに、脳内の自分と現実の体型との間に横たわる贅肉やお腹のたるみが、ひしひしと胸に迫ってきた。わたしはなんだかちょっぴりヤサグレた気分になった。

「あーあ、なんでわたし、ヴィーガンになって冷凍食品や砂糖をきっぱりやめられないんだろう？　デザートもおかわりしちゃうし、個人トレーナーと集中エクササイズもできないし。だいたい、なんでいっつもチョコに手が出ちゃうわけ？　しかも、すでに一箱たいらげた後によ？」

「そりゃ、きみがチョコ好きだからさ」背後から声がした。振り向くと、そこにはパートナーのLが立っていた。タオルを手にして、息子と犬を引き連れている。わたしたちの計画を知ったLは自分も手早く仕事を切り上げて、息子を保育園に迎えにいき、おまけにスイカまで用意して駆けつけてくれたのだ。

目の前でニコニコ笑う彼らを見ていたら、ヤサグレた気持ちが急にどこかに消えてしまった。わたしはサメ柄の海パンを穿いた息子を抱っこして湖に入った。そんなわたしたちを我が家の犬がしっぽを振って眺め、傍らではLがスイカを一口サイズに切りながら見守っている。息子と一緒に海の怪物ごっこをしながら、「あれ、わたしもしかして今、だいぶヤバくない……？」ってふと我に返ったりもしたけど、息子が楽しげにキャッキャと笑うものだから、結局すぐに忘れてしまった。

バスタオルに向かってダッシュ競争をしてる間もそう。笑うのに大忙しで、自分がチーターみたいにしなやかな肢体じゃないことなんて、きれいさっぱり頭から消え去っていた。スイカを食べるために座ってあぐらをかいたときは、さすがに一瞬ひるんだけれど――それでも愛すべき人たちに目をやれば、すぐに心が穏やかになった。不思議なものだ。楽しい、大好き、愛しい、優しくしたい、笑える――そういう気持ちに意識が向いている間は、ネガティブな感情なんてどこかに消えてしまう。

それに大きな声じゃ言えないけど……ちょっと周囲を見回してみれば、自分の周りにいるのがけっしてジェニファー・ロペスやベン・アフレックみたいな美形ばかりじゃないことに気づくはずだ。田舎系ドキュメンタリーに出てきそうな素朴なオジさん、オバさん方の中では、わたしだってまあまあイケてる部類じゃないかって思えてくる。わたしはもう自分の体をうじうじ見下ろすのはやめて、息子の顔じゅうに飛び散ったスイカの汁や、Lのきらきら輝く瞳に目を向けることにした。そうして、アンネがこの前のスピリチュアル旅行で体験したという笑い話に耳を傾けた。

やがて赤みを帯びた金色の夕日が沈みゆく頃、わたしはLに寄り添いながら、湖面に小石を投げて遊んでいるアンネと息子の姿を眺めていた。

「ねえ、自分がもっとスマートだったらとか、背が高かったらとか、マッチョ体型だったらとか、そういうふうに思ったことある？」Lにそう尋ねてみる。Lは横目でちらりとこちらを見やった。「きみはさ、ぼくがもっとスマートで、背が高くて、マッチョ体型だったらいいなって思うわけ？」

わたしはLをしげしげと眺めて考えるふりをしたけれど、それはただのおふざけだった。だって、答えはノーだから。Lはこの姿だからいいんだ。今のままのLがいい。「それじゃ、ぼくも今のままがいいな」Lは言った。

その夜、はしゃぎ疲れた息子をベッドに寝かしつけた後、わたしは今宵二つ目のデザート（パンナコッタ、しかも黒サクランボのソース添え！）をスプーンで口に運びながら、幸せをかみしめていた。今日というすてきな一日への満足感だけじゃない。今までにない満ち足りた感覚が、（お腹だけじゃなく）全身を満たしていた。こうして、クローゼットにかかっていた例の口うるさいジーンズは、高らかな「せーの！」のかけ声とともに、どこか遠くに放り捨てられたのだった。もしかしたら今頃、あっちでカトリンや何冊かの女性雑誌と出会って、お互いを責め合ってケンカしてるかもしれない。

1

RESULT

- スルーすべきなのは「外見そのもの」ではなく「こういう外見でいなきゃ」という思い込み

- 時間を死守するためには投資すべし（良いコスメを買う）

- 「見ると笑顔になれるモノ」以外は、すべて家の中から追い出してよし

第2章

友人、知人、知らない人

FREUNDE,
BEKANNTE UND UNBEKANNTE

スルーしてみた5

知らない人

訪問セールスや勧誘のおじさんを罪悪感なく華麗に撃退するコツ

自分のヒップや、預金残高や、自信のもてない性格をスルーしようと悪戦苦闘しているうちは、実はまだまだ初級レベル。言ってみれば準備運動みたいなものだ。その先には、さらなる試練が待ち受けている。つまり、自分だけじゃなく「他人が絡んでくる」ってこと。ここまで読んでくださってるみなさんの中には、スルーの魅力にすっかりハマって、すでにいろんな物事をスルーしてる、という方もいると思う（そうでありますように！）。

たとえば、服にアイロンをかけるのをやめてみた、とか（服のしわなんて、スルー）。無理してキツいブラを着けるのはやめた、とか（「ふっくら胸もと」を、スルー）。それにヘタしたら、この本を読み進めるのをやめたって人もいるかもしれない（アホらしい人生アドバイザーを、スルー）。

でも作者のわたしにまだ運があれば……あなたは初級レベルをばっちりクリアして、「レベル2：他人をスルー」に進めるだけの基礎力を身につけてるはず。

さて、「他人」の中でももっとも難易度が低いのが、「知らない人」だ。まずは、ここからいこう。

知らない人っていうのは、あたりまえだけど基本こちらには関わりがないし、何の害もない。問題は、そんな「知らない人」がある日突然、玄関先に押しかけた新聞勧誘員とか、電話アンケートを装って保険を売りつけようとしてくるセールスマンとかに姿を変えて、こっちの日常に関わってきたときだ。もちろん世の中には、この手の「知らない人」に全然動じないタイプだって存在する。きっぱりと断りを入れて一発で相手を追い払う堂々たるその姿は、マジで賞賛に値する。全人類、見習うべき。

でも……もしあなたが「誰にも嫌われたくない」タイプで、会社の上司にも、かかりつけのお医者さんにも、行きつけのピザ屋の無愛想なウェイターにももれなく好かれたいって思ってしまう人なら、この章の内容はきっと役に立つはず。わたしたちはしょせん愛すべき「いい人」の群れ。たとえ相手が誰だろうと、他人に対して自分の意志を押し通すなんて基本ムリなわけで。しかもなぜか通りを歩いてると、募金集めや宗教勧誘の人たちに「お、こいつは押しに弱そうだぞ」って真っ先に見抜かれる。なので、散歩してても気が抜けない。たとえば街角のショーウィンドウに気になる商品があっても、ビラやアンケート用紙や募金箱を抱えた人が目に入ったら、深々とうつむいて足早に立ち去るしかない。いかにも「これから緊急手術に向かう外科医です」みたいな忙しげな空気をかもし出しながら。結局、のんびりショッピングのはずが、ハイペースの競歩みたいになっちゃう。うちの近くの歩行者天国なんてクリスマス前は寄付金集めが大量発生するものだから、ぶらぶら散歩どころか、たいてい四分弱くらいで足早に突っ切るはめになる。

で、家に帰ってこんな会話をするわけ。

「ショッピングどうだった？　欲しいっていってたアレ、見てきた？」

「ううん、それがちょっと……時間がなくて」

「？？」

さりとて、自宅にいたって安全とは限らない。たぶんだけど、我が家のドアには何か秘密の目印でも書かれてるんだと思う。そこにはセールスマンや寄付金集めの人にしか見えないド派手な蛍光文字で、こう書かれてるに違いない。「基金、団体、学生プロジェクト、その他もろもろの大志を抱いてる方へ。寄付金集めなら、この家がおすすめ！　コツ：黒髪のチビ女が一度は断ってきますが、押しに弱いので強引にいけばＯＫ」

どうも一部団体では、「新入りの勧誘員はまずあの家に行ってこい、自信がつくぞ」って指導してるフシすらある。某宗教団体なんて、何年も断り続けて最近やっと勧誘が止んだ。わたしがあまりに断り下手なものだから、さすがに哀れみを覚えたんだろう。

セールス電話でも似たような感じ。いつだったか携帯電話会社から勧誘がきたことがある。ところが、わたしがさんざん悩んで懇切丁寧に断りの理由を説明していたら、なんとそのセールスマン、無言で電話を切りやがったのだ。思わずこっちからかけ直しそうになった。だって、あまりにも無礼すぎない？　そりゃないでしょ！

もし何とか断れそうな感じになっても、相手は最後の手段とばかりに「同情をひく」作戦に訴えてくる。「自分、学費を稼ぐためにバイトしてて……。でも今月はノルマが厳しいんすよね」っていう自称苦学生とか。実は車椅子生活の元妻と病気の母が二人いて……みたいな身の上話をしてくる、いかにもスーツ慣れしてない人のよさそうな新聞勧誘員のおじさんとか。そういう人たちに、冷血な悪役にならずに断りを入れる方法はないだろうか？　たとえば、こんなふうに言ってみるとか。「ちょっといいですか？　もしわたしが断りきれずに新聞を取りまくって、あげく破産しちゃったとしますよね。そんなとき、あなたのお宅にお邪魔して窮状を訴えたら助けてもらえます？　え、無理？　知らない人に家におしかけられて、お金をせびられるなんてまっぴら？　奇遇ですね、実はわたしもなんですよ」

といっても、声に出して言う必要はない。心の中でそう思ってみるだけで、相手への態度は変わってくるはず。だって、よく考えたらおかしいでしょ。携帯電話会社のセールスマンはわたしに電話をかけてくるのに、わたしがセールスマンの自宅に電話することは許されない。寄付金集めの人の自宅に「お金を恵んでください」って押しかけたら、きっと怒って追い払われる。そのことに気づいて以来、この手の人に押しかけられたときは、玄関のドアを割れんばかりに力いっぱい閉じることにしている。しかも、これっぽっちも罪悪感なく。罪悪感なんて、スルーでいい。

誰かが家にたずねてくる時の正解はどっち!?
ピカピカに掃除しておく？　ありのままを見せる？

ところで我が家は賃貸なのだけど、わたしのなかでは家主も「知らない人」に分類される。顔を合わせたことは何度もあるけど、別に個人的に知り合いじゃないので。もし予告なしに訪問されたら、うっかり家主の鼻先でバタンとドアを閉じちゃうかも。この家主、わたしたちが住んでる家のほかにも何軒か住宅を所有している。親の代から相続したんだそうな。それだけでも、わたしなんてちょっとイラっとくる。なんでこの人はタダで家をもらえて、わたしはもらえないわけ？　それを抜きにしても、我が家はこの人に毎月家賃を払っているわけで、これもまた気に入らない。家賃収入を何に使ってるかは知らないけれど（どうせ金のかかる趣味にでも散財してるんでしょ、無人島の収集とか）、ひとつだけ確かなことがある。そのお金は、家の維持にはこれっぽっちも使われてないってことだ。――少なくとも、家主から自発的には。入居者がよっぽど何度もしつこく訴えたら（家の中で雨に降られたら、わたしだって嫌でもしつこくなるわ）、そこでようやく修繕っていう選択肢が検討されることになる。それも、何週間にもわたってこっちの貴重な日曜日をつぶして、業者を引き連れて我が家をうろうろ検分しまくったすえに、やっとだ。それで結局、保険もかけてない外国人労働者を大量に雇ってる一番安い業者に工事を発注したりする。ほんと、いけ好かないヤツ。一方、Lの家主に対する感情は完全にニュートラルだ。だから、なんでわたしがそこまで鬼のように家主を目の敵にしてるのか、さっぱりわからないって言う。

それでこっちは、ますます自分が鬼女みたいに思えてくるわけ。気分は外敵から館を守ろうと扉の前に立ちはだかる化け物だ。「帰れぇ……これはわたしの家だ、帰れぇぇ……キェー!!」みたいな。いや、家主の家なんだけど。

ところが、家主が業者を連れて修繕の下見にくるとなると、驚きの現象が起こる。館を守る化け物が、お掃除ママに大変身するのだ。掃除の鬼と化したわたしは、家じゅうを掃いて、磨いて、これでもかってくらいピカピカにする。なんでかって？ そりゃ、家主が来たときに家がきれいに見えるようによ。だから、なんでそんな必要あるのかって？……そんなの知るか、こっちが聞きたいわ！ ひょっとして、これって中世から代々続く地主様への召使い根性なんだろうか？

そんなわけで、またも家主の訪問を間近に控えたある日、わたしは決意した。今回は家じゅう完璧に掃除しようなんて考えは捨ててやる。ソファでリラックスしながら本でも読んで、余裕で敵を迎えてやろう（ちなみに、これはかなり難しかった。何か散らかってやしないかと、家のあちこちについ目がいってしまうからだ）。「家主にどう思われるかなんて、どうでもいい。スルーよ、スルー」とLに力説してた、まさにそのとき。玄関のベルが鳴って、ヤツらが現れた。

その日の来客を終えて、はっきりわかったことがある。

わたしにとって重要だったのは、「家主にどう思われるか」じゃなかったってこと。Lの靴下が脱ぎ散らかされた寝室を目撃されたら、相手にどう思われるだろう、「こんな不潔にされちゃ困ります」って家から追い出されたりしないだろうか——そんな不安は、実はたいして問題じゃなかった。

問題は、家主がけっして親しい友人じゃないってことだ。そしてわたしは、そんな全然親しくない人に、Lの靴下とか、我が家の洗濯物とかを見られたくない。そもそも、寝室に足を踏み入れられるのも絶対にいや。だから昔、わたしの母もお掃除サービスの家政婦さんが来る前に、家じゅうをムダにピカピカに掃除してたんだろう。自分たちの私生活を他人に見られたくないから。我が家の汚物は、我が家だけのもの。それが母の考えだった。わたしもそう思う。靴下も、このボロ家も、わたしたちのものだ、家主は去れ、キェー！

まあ要するに、もしあなたが友人の家に招かれて、その家がブタ小屋みたいに汚かったら、それは真の友と認められたってこと。大いに歓迎されてると思っていい。というわけで、ときには「自分は何をスルーしたいのか」からきちんと考える必要がある。今回の家主訪問のケースでは、「『家主が来るから掃除』なんて思考はスルーしなきゃ」って思い込みこそ、スルーしなきゃいけなかったというわけ。

さて、ここでみなさんも考えてみよう。あなたは日々「知らない人」に悩まされていないだろうか？　誰に、どんなふうに悩まされてる？　その人や悩んでる内容をサクッとスルーしたら、相手に何か個人的に迷惑がかかると思う？　左の空欄に実際にあなたの悩みを書いてみよう。

悩みのタネになっている「知らない人」
↓

悩みの内容
↓

スルーしても問題ないか
↓
OK？
だめそう？

そうそう、その調子！　最初はなかなか勇気がいるかもしれないけれど、こうして地道に自分の周りのスルー対象を見つめなおしていけば、いろんな「他人」をどんどんスムーズにスルーできるようになる。

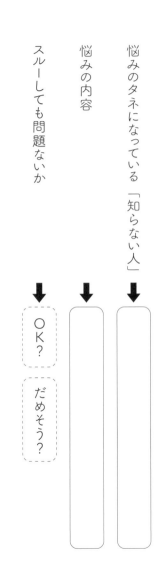

スルーしてみた⑥ 知り合い

「いけすかないヤツ」と一緒にいると美味しいジェラートの味さえわからなくなる

スルーする相手が「知らない人」のうちは、まだまだ初級レベル。ここから先は、ちょっと難易度が上がってくる。次のターゲットは「知り合い」だ。知り合い……カッコよく言うと、それは恵みであり、災いでもある。ちなみに、ここで言う「知り合い」っていうのは、たとえば買い物先のスーパーや月イチのヨガ教室で定期的に顔を合わせる人たち。保育園のママ友やパパ友、ご近所さん、カーシェア相手、それにクラブで出会って一晩中踊り明かした相手なんかも、まあ知り合いだ。知り合いのいいところは、なんといっても「友人と違って、お互いをよく知らない」こと。だから、ふだんの自分よりずっと明るく、魅力的に、可愛らしく、大胆に振る舞うことができる（ヘタしたらお酒につられて、マリー・アントワネットの末裔だって大ウソつくことも）。要は仮面をかぶって、ふだんとはまるっきり違う自分や、そこまでいかなくても少しだけ違う自分を演じられるってこと。それってすごく楽しいことだし、友人相手じゃこうはいかない。でも、知り合いの一番の利点は、もっと別のところにある。それは、こちらをよく知らないだけに、先入観抜きでものを見てくれること。たとえば、わたしが広告代理店の仕事のことで親友のヤーナにグチったとする。担当してる魚の目パッドのCM案がクライアントにメタクソ言われて却下された、とか。そんなとき、ヤーナならきっとポジティブなことを言って励ましてくれるだろう。もちろん、それってすごくありがたいことだと思う。でも一方で、そういった事情を全然知らない相手からは、もっと違った思いがけないコメントをもらえたりするのだ。たとえば……

・そんなしんどい仕事、辞めちゃえば？
・それって、あなたの責任じゃなくない？
・魚の目パッドって効果ある？　そもそも何がウリなの？
・いや、そのクライアントがクソなだけでしょこの仕事に良くも悪くも慣れきってるわたし自身や親友たちと違って、予備知識のない知り合いの人たちは、ときにハッとするような意見やものの見方を教えてくれる。こちらがちょっと勇気を出して、「最近どう?」っていう社交辞令のあいさつに少しだけ踏み込んで答えるだけで。ホント、知り合いってすばらしい――ただし、それは相手が「いい知り合い」だったらの話だ。知り合いは知り合いでも、通りで見かけたら迷わず回れ右してやり過ごしたくなるタイプの知り合いは、もれなく「悪い知り合い」に分類される。たとえば、わたしの元同僚のサンドラ。彼女はとにかく、何か困ったことがあると必ず連絡してくる。Ｐｈｏｔｏｓｈｏｐの使い方がわからないとき、ベビーシッターを探してるとき（あと、ペットシッターを探してるときも）、確定申告でよくわからない箇所があるから教えてほしいとき、ウェブサイト作成を手伝ってほしいとき。そうそう、この前も「実は次の日曜日に引っ越しがあるの。手伝ってほしいんだけど……来てくれるよね?」だって。

それから、シュテファン。この世がいかにクソかをひっきりなしに垂れ流してる男だ。たとえば、こっちが幸せ気分でジェラートを食べてると、やれこの手のアイスは高すぎるだの、昔はもっと安かっただの、店がマフィアにみかじめ料を払ってるに違いないだの、これだからイタリア人は……だの、とにかくグチグチ言ってくる。しまいには、砂糖は体に悪いとか、そもそも加工食品はだめだとか、食肉処理場がどうのとか……。ほんと、聞いてるだけでジェラートがまずくなる。

あと忘れちゃいけないのが、ミレイユ。外国風のアクセントがキュートなフランス出身の女の子なんだけど、いかんせん重大な欠点がある。その場にいる人全員が、彼女主演の舞台に出てくるわき役だと思っちゃうところ。ちなみに舞台のタイトルは「ミレイユ」、ヒロインはいつだって彼女一人だ。

ハンネの新しい男友達も、これまたいけ好かない。ハンネは最近すっかりこの男に夢中で、いつもぽーっと彼を見つめてる。なので、こっちは彼女の横顔しか見えない状態。まあ、たしかにイケメンで魅力的ではあるけれど……そいつのハンネに対するぞんざいな態度には、毎度マジギレしそうになる。

と、こんなふうに、ムカつく知人の例を挙げればキリがない。これはもう、世界のどこかに「いけ好かない人種」を集めた待機所があって、何かの手違いでそいつら全員がわたしの人生に次から次へと送り込まれてるんじゃないか、って思えるくらい。え、あなたも？

奇遇ですね。

あなたがどんな対策をしてるかはちょっとわからないけれど、この手のいけ好かない知り合いに対するわたしの有効かつ華麗な戦略は、今のところ左ページのリストのとおりだ。

CHECK!

ムカつく知人に対して、自分もそうしているって場合には
チェックを入れるべし。

電話に出ない	□
しが電話に出たら、軽く気流が生じるくらい ブンブン手を振って「今いません」って言わせる	□
言い訳をでっちあげる	□
前回でっちあげた言い訳をしっかり覚えておく	□
通りで出くわしたら、目が悪いフリか 死んだフリをする	□
玄関のベルが鳴ったら、息をひそめて居留守をつかう （ただし、ピザの宅配の場合は除く）	□

二つ以上の項目に◯がついた人、おめでとうございます！　あなたは、わたしと同レベルのアホってことで。

……いや、ほんとに、なんでこんなムダな努力をしてしまうのか我ながら理解できない。サンドラのSOSにきっぱりノーと言えばいいだけなのに。シュテファンに「ジェラートがまずくなるから、やめて」ってはっきり言えば、それですむ話なのに。

たぶん心の専門家は「あなたの自尊心が低すぎるからです。もっと自分を大切にして」って言うだろう。でもわたしに言わせれば、これって単に「自分が気まずい思いをしたくないから」では？

まあ、たぶん専門家の意見が正しいんだろうけど。

「誰にも嫌われたくない」は当たり前の感情。だけど、本当にその人にも好かれたい？

サンドラや、シュテファンや、ミレイユや、ハンネの男友達に共通しているのは、周りの人にとにかく悪影響が出ることだ。こういうタイプと一緒にいると、こっちはイライラして気分が悪くなって、それがものすごくストレスになる。こいつらがある日突然わたしの人生からポンと消えてしまっても、わたしはたぶん全然悲しくない。なんなら、お祝いにジェラートでも食べにいっちゃう。ところが不思議なことに、じゃあ自分から彼らを消し去る努力をしてるかっていうと、これが全然なのだ。むしろ、まったく逆の行動をしてる。シュテファンがイタリア政治家のグチから始まって「だいたい政治家ってやつは……」って不平不満をぶちまけている間、わたしは従順なヒツジみたいに一定のテンポでうなずきながら、内容ゼロのムダ話をじっと拝聴してる。家に帰れば、サンドラに「ざっとでいいから、お願い！」って頼まれたホームページとにらめっこ。きわめつけに、明日の飲み会に誰が来ると思う？　そう、ヒロイン気取りのミレイユだ。

「なんでわたし、こんなことしてるんだろう」その夜、ＰＣに向かってサンドラの自作ホームページをにらみつけながら、わたしはＬにグチっていた。「そりゃ、きみが臆病者のヘタレだからさ」キッチンから返事が返ってくる。Ｌは息子と二人で楽しく料理中だ。ああ、わたしだってできればソッコーでそっちに加わりたい。赤ワインのグラスだって待ってるのに。「ママ、ヘタレ〜」息子が追い打ちをかけてくる。それから、何やらキャッキャと盛り上がる声。

こんなの絶対、おかしいでしょ。

他人に好かれたい。そう思ってしまうのは、人としてあたりまえの感情なんだそうだ。なぜなら、わたしたち人間は群れをつくる生き物だから。人は子供の頃から「自分は一人じゃ生きていけない、てことは他人に嫌われるのはマズいぞ」と本能的に知っている。なにしろ一万年くらい前の人類にとって、群れに属することは生きるために不可欠だった。サーベルタイガーに立ち向かったり、マンモスを仕留めたりするには集団の力が必要になる。一人じゃとてもムリだ。そういう時代、他人に嫌われないことは確かにすごく重要だった。群れから追い出されることは、死を意味するからだ。だけど現代は違う。今はお腹がすけば冷凍ピザがある時代だし、サーベルタイガーに怯える必要もなくなった。それなのに、わたしたちは今も大昔と変わらないメカニズムのもとで生きている。周りの人に嫌われたくない、共同体の一員でありたいっていう願望が、遺伝子レベルで本能に刻み込まれてるわけだ。まあ、そのおかげで、多くの人は反社会的なサイコパスにならずにすんでるんだけど。

でもよくよく考えたら、わたし、サンドラにマンモス狩りで助けられたことなんて一度もないんですけど。それに、もしサーベルタイガーが現代に甦って襲いかかってきたら、シュテファンは助けてくれるだろうか？　グチ攻撃で猛獣をうつ病に追い込むとか？

……まさか。つまり、「現実」と「わたしの行動」の間には、わたしと元カレの間と同じくらい大きな溝があるってこと。

だいたい、ばかげた話じゃないか。わたしが他人にノーと言えないのは（専門家いわく）「相手に好かれたい」とか「愛情や尊敬を得たい」とか、そういった心理のせいだ。でも実際に周りを見回してみれば、本当に好かれたり尊敬されてる人っていうのは、たとえどんなにばかにされても、心のままにはっきりとものを言ってる。これって矛盾してない？　そういえば、これまた別の専門家がこんなことを言っていたっけ。悩めるわたしの背中を押してくれる、こんな心強い言葉を。

「ライオンは、ヒツジにどう思われようが気にしない」

……ところが現状、ライオンは相変わらずサンドラのホームページとにらめっこしていた。だんだんムカついてくる。わたしは席を立ってキッチンを覗いてみた。サイドボードにちょこんと座った息子は、片手に大きな木のスプーンを握って、顔にはトマトの汁をつけてニコニコ顔だ。「お、やっと来たか」手前にいたLがほほえみながら手を差し伸べてくれた。「どうだい、終わった？」

ううん、終わってない。問題のホームページはいかにもやっつけ仕事で作られた無料テンプレート尽くしのサイトで、どこに何が書かれてるのかもわかりにくいし、デザインも絶望的にダサかった。おまけに誤字脱字もてんこもり。どこから手をつけていいのか見当もつかない。

「どこから手をつけていいのか見当もつかないの」わたしはLにそう訴えて、彼の肩に頭をもたせかけた。「ママ、悲しいの？」息子が心配げにそう言って、慰めるように小さな手でわたしの腕に触れてくる。それでももう限界だった。——なにやってるんだろう、わたし。友人ですらない、ただの「知り合い」にノーと言えないばっかりに、息子にまで悲しい思いをさせるなんて。ばかじゃないの？　わたしは息子とLに軽くキスして、赤ワインをぐっと一口あおった。そして、愛する家族に「わたしはライオンだぞ！」って高らかに宣言して、電話に向かって歩き出した。「ガオー！」って背後から声がかかって、思わず笑っちゃう。

ダイヤルしている間、自分でも「ガオー！」ってひと声吠えてみた。それから、ひとつ深呼吸。

「もしもし？」

「もしもし、サンドラ？　頼まれてたホームページのことでちょっと……うん、見てみたんだけど、正直、わたしじゃ手に負えないわ」

「どういうこと？」

「直すところが多すぎて、手に負えないってこと」

「……え、じゃあわたし、どうしたらいい？」

「さあ、自分で考えて」

これだけクソな対応をすれば、すべてが急に楽になる。サンドラとの電話はあっさり終了した。あんなに悩んでイライラしながらPCの前に座ってたのがウソみたいに、わたしは家族とキッチンにいて、テーブルに食器を並べながらライオンのまねをして笑い合っていた。「悪いことしたな」って罪悪感もなかったわけじゃない。でも、もろもろの事実と結果をよくよく検討してみれば、やっぱりこれで正しかったんだって確信できた。だから、あとはもう罪悪感なんてスルーするのみ。なにより、何時間もＰＣとにらめっこするかわりに、息子とライオンごっこができるこの喜び――ああ、なんでもっと早くこうしなかったんだろう。

「今まで気づかなかったけど、結局わたしが誰かにノーって言えないせいで、息子やあなたまで損してたんだよね。だって、わたしが家族にかけるはずの時間やパワーが奪われたってことでしょ？」その夜、ベッドに寝転がりながら、わたしはＬに語っていた。

とはいえ、正直すべてに満足できたわけでもない。「今回は二人のおかげで勇気を出せたけど……ほんとはこれを自力でできなきゃダメなんだよな」そう反省するわたしに向かって、Ｌは大きなアクビをひとつして、それから軽くウィンクした。「きっかけや過程なんて、どうでもいいさ。大事なのは結果だろ？」

そう、Ｌの言うとおり。大事なのは結果だ。

専門家の方々はきっと眉をひそめることだろう。だって、わたしはいわば家族の助けを借りてズルしたわけで、それって「正しい」解決法じゃない。でも要は、自尊心を取り戻せればそれでいいでしょ。そう思ったら、もっともらしくアドバイスしてくる「専門家」

ライオンになりきって
迷惑なヤツを撃退してみる

なんてどっかに消えてしまった。どこに消えたかって？　さあ。たぶん闘牛士にサッとかわされた猛牛みたいに、その辺を駆け抜けてったんじゃない？　こうして、わたしは最高に気分よく眠りについた。

オロオロしても、のんびりしても「結果は同じ」わたしが〝繊細さん〟から卒業できたワケ

翌日。問題の飲み会は、かなり最悪なことになった。親友のアンネは今回は欠席。ヤーナも開始の八時には顔を出したけど、ひどい風邪を引いちゃったので三〇分くらいで帰るね、と言う。そのヤーナにくっついて帰ればいいものを、残念ながらその場に残ったのがミレイユだった。ミレイユは今はわたしの隣に座って、ドリンクをちびちび飲みながら上機嫌でおしゃべりを続けてる。ただし、視線はなぜか常にわたしの数センチ向こう。振り返ってみても、あるのは店のドアだけだけど――おおかた、誰か来るのを待ってるんだろう。

さらにイラッとくることに、彼女、わたしと話してる間しょっちゅうバーカウンターの後ろの鏡に目をやっては、髪の毛を顔にかけたり払ったりしてる。そういうことされると、

こっちは舞台の背景にでもなった気分。そのとき、「ハーイ、こっちこっち！」って声がした。振り向くと、店の向こう端のテーブルから友人のハンネが手を振っている。例のジョージ・クルーニーもどきの男友達と一緒に。……ますます楽しい夜になりそう。ここにSOS女のサンドラでもいたらカンペキだったのに。愛想よく、でもきっぱりとその場を立ち去ればいいものを、わたしは案の定のこのことハンネのテーブルに合流して、二人にミレイユを紹介していた。「さ、座って！」ハンネが朗らかにすすめてくる。

「えーと、わたしはほら、そろそろ帰ろうかなって……」めんどくさい事態から逃げようとムダなあがきを試みたものの、ミレイユに腕を押さえて引き止められた。

ハンネも「えー、そんなのダメよ！　ほらほら、座って」なんて言うし、手にしたグラスの中身はまだ半分以上残ってる。しかたなく、わたしは内心ゲンナリと首を振りつつ席についた。

そこからが、もう大変だった。

ミレイユは、コカインとレッドブルの混合物を脳内に直接注入されたんじゃってくらい終始ハイテンションだった。例のハンネの男友達が何か言うたびに、大げさに頭をのけぞらせて甲高い声で笑う。髪の毛をあっちにこっちにファサッと揺らしたり、グラスに口をつけるたびに舌で艶っぽく唇を舐めたり。一目でわかる、明らかに求愛モードだ。傍から見てると不快以外の何ものでもないんだけど、これがけっこう効いてるらしい。というのも、さっきまでダラけた態度だったジョージ・クルーニーもどきが、急にしゃきっとしてハキハキ喋りだしたからだ。しかも、わたしの見間違いじゃなければ――こいつ、微妙に体をずらしてハンネから距離をとっている。でもハンネのセンサーもとっくにその動きをキャッチしていた。彼女はミレイユに対抗しようと、さかんに手を振り回して、はしゃいだ声で男友達に話しかけるのだけど……見るからに勝ち目はゼロ。少なくとも、ハンネにとっては悪夢のような展開が始まろうとしていた。

一方わたしはと言えば、さっきからミレイユの髪の毛をバシバシ顔に受けていた。もう何回目かの顔面ヒットをくらったところで、ふと気づく。ハンネだけじゃなく、わたし自身もかなり嫌な気分になってるってことに。ただし、それはミレイユやジョージ・クルーニーもどきへの不快感とはちょっと違った。この居たたまれなさは、周囲の人たちがぎくしゃくしそうな気配を感じたときに、自然とわき起こる心理現象みたいなものだ。わたしはそういう場面に居合わせると、ものすごく気まずく感じるタイプ。要は「繊細さん」ってわけ。

だからつい反射的に、空気を元に戻そうとあれこれ動いてしまう。今回のケースで考えられる解決策は、ミレイユをぶん殴って黙らすこと。

といっても、それはいろんな理由から（特に、刑法的な意味で）不可能なので、わたしはただただ見守ることしかできずにいた。でも……そうしてヤキモキしているうちに、はたと気づいたのだ。けっこうな衝撃の事実に。

よくよく考えたら、わたしが内心オロオロしながら共感性羞恥に身もだえて胃を痛めようが、のんびり椅子にふんぞり返って嵐が過ぎ去るのを待とうが、別に現状はこれっぽっちも変わらなくない？　わたしが気を揉んだところで、それでハンネや、わたし自身や、ほかの誰かが助かるわけじゃない。

それに、そもそもこんな事態になったのは別にわたしのせいじゃないし。こっちには何の責任もない。今目の前で起きてる悪夢にも、ハンネにも、それに当然ミレイユにも。だから、ミレイユを連れてきちゃってハンネに悪いことしたなって罪悪感を抱く必要もないわけで。

みんなもう立派な大人なんだから、自分の世話は自分でできるでしょ。そう考えたら、スッと気持ちが楽になった。びっくりだ。

別に、わたしの責任じゃないもん。

心の中で何度もそうくり返してみた。だって、あまりにも心地よくて。

とはいえ、ハンネには心底同情してしまう。ホントにムゴい光景だった。ミレイユは容赦ってものを知らない。二〇分も経つ頃には、新たなカップルはどこかに遊びに行く約束を交わしていた。ハンネも当然誘われて、「え……ええ、もちろん」って答えてる。

やがて、そろそろ帰らなきゃと言い出したミレイユに、ジョージ・クルーニーもどきが親切にも「家まで送るよ」なんて申し出て、二人仲良く去っていった後、わたしは自分にできるたったひとつのことをした。ハンネをぎゅっとハグして、強めのお酒をオーダーしたのだ。

他人に対して責任を感じて、自分が何とかしなきゃって思ってしまう——この心理は、相手がただの知り合いじゃなく友人だった場合、いっそう面倒なことになる。というわけで、次のテーマはこれ。友人だ。

スルーしてみた7

友人

「ノー」と言えない性格のせいでサイテーな気分になることもある

友情っていうのは、すごく特別な感情だ。愛に近いけど、似て非なるもの。昔の小話にこんなのがある。

あるとき、愛が友情に尋ねた。

「なんでぼくがいるのに、きみが必要なんだい?」

友情は答えた。

「きみが涙を残したところに、
ぼくが笑顔を届けるためさ」

まさにそのとおり。愛と友情には、決定的な違いがある。とある偉人がこんなことを言っていた。

人は九〇歳を過ぎても一目ぼれの恋愛ができるが、友情という幸運には時間が必要だ。長いこと「同じ釜の飯」を食って、たくさんの経験を共有し、ときにはケンカもして、互いに苦しみ、学び合わねばならない。

ドイツの人文科学者ヨアヒム・カイザー

友情は幸福に生きるうえで恋愛より大切だし、健康に生きるうえで運動より欠かせない。何でも話せて、絶対的に信頼できて、ただひたすら、こちらの幸せを願ってくれる人。そういう友人は、けっして多くないだろう。まあまあ近い人なら（田舎のバス停にたむろする学生仲間と同じノリで）たくさんいるかもしれない。でも真の友人ってやつは、一生のうちで数人出会えるかどうかだ。そういう友人は、たとえば深夜四時に元カレの家の最寄り駅から「お願い、今すぐ迎えに来て！」って電話しても、すぐに駆けつけてくれる。たとえ、そこが外国でも。「今どこにいるの？　……え、コスタリカ？　……ウソでしょ」なんて言わずに、「コスタリカのどこ？」って訊き返してくれる。

一方でこんな正反対のケースもある。友達（仮にトムとしよう）から詩の発表会に誘われたとき、何の気兼ねもなくすんなりと「そっか、がんばってね。でもわたしは行かないわ。今日の晩は急いで帰って、ソファーに寝っ転がらなきゃだから」って答えるのが、なぜこんなに難しいんだろう？　夫や愛犬とソファーでくつろぐかわりに、わざわざ遠い会場まで出向いて、座りごこち最悪のパイプ椅子に腰かけ、アルコールフリーのビールなんかすすりながら、人様のつくった詩を拝聴する――それってかなり苦痛なはずだ。しかも、その詩ときたら、終始こんな感じなんだから。

さよならサンダル　またきてサンデー
海までペタペタ　かえりはヘトヘト
パシャパシャはねるよ　波間にはえるよ
さよならサンダル　またきてサムデイ

ちなみにこれ、誇張でもなんでもなく、わたしが実際に聞かされたやつ。そうして家に帰ると、のんきにくつろいでいた夫と犬に八つ当たりをして、ふくれっ面でベッドに潜り込む。翌週、また別の会場での発表会に誘われときには、今度は何か言い訳のひとつもでっちあげて断るかもしれない。

でも、これって根本的におかしくない？　トムのことが友人として好きだからって、彼のサンダルにまつわる詩を延々と聞かなきゃいけない理由はないはず。といって、もちろんトム本人をいきなり完全無視してスルーする必要なんてない。スルーすべきは、詩の発表会のほうだ（※ごく手短に注釈したいのだけれど、詩の発表会そのものはすばらしい催しだと思う。いや、ホントに。寄せられる詩の中には、めちゃくちゃ気が利いていて、くすっと笑えて、心揺さぶられる傑作も多い。……ただ、トムの詩はそうじゃないってだけで）。

とはいえ、こんなふうにはっきりノーと言えないのも、そう不思議なことじゃない。なぜなら、わたしたちは子供の頃から「人には優しくしなさい」、「相手を傷つけてはダメ、思いやりをもちなさい」と言われて育ってきたからだ。誤解のないように言うと、それってすばらしいことだとわたしも思う。将来いけ好かないやつにならないように、小さいうちから教え込むのは大切なことだし（まあ、うまくいくとは限らないけど）。でも一方で、何かや、誰かや、何らかの行動を「嫌だな」って感じる気持ちを小さいうちから認めてあげることも、同じくらい大切だと思うのだ。

親友は二人だけでもよくない？ 友情には意外とパワーが要るものだ

ところで、わたしの交友関係はめちゃくちゃ狭いので、友人と呼べる人は数えるほどしかいない。こう言うと暗いやつって思われそうだけど、まあ事実なので（あ、Lは友人にカウントしてもいいかも。しょっちゅう熱く拳を交わし合ってケンカしてるから）。

そんなわたしの数少ない親友のうち、一人はみなさんももう前章からの付き合いでご存知だと思う。その親友ってのは、スピリチュアル好きのアンネ。ちなみに、わたしと彼女とは五歳の頃からの付き合いだ。でも、もし今この歳になってからアンネと知り合ったら──たぶん一度会ってそれっきり。二度目はなかったと思う。わたしは基本、スピリチュアルにハマるタイプがめちゃくちゃ苦手なのだ。でもアンネだけは例外。なんでだろう？

たぶんそれは、アンネの根っこの部分をちゃんと知っているからだ。彼女の人となりや、その本質を。それに、アンネの人となりはマジですばらしいんだから。たとえ彼女が神聖なパワーの宿るうさんくさいストールか何かで全身ぐるぐる巻きにしてたって、その内側にいる真のアンネの姿が、わたしには見える。これって幼馴染だからこその利点なのかもしれない。子供の頃からの友人っていうのは、相手がいわば「世間に向けた自分」を演じだして、ときに本当の自分を見失ってしまうよりも前に、お互いを知ることができるから。

もう一人の親友のヤーナとは大学時代からの付き合いだ。思えば出会ったその日から、ヤーナの印象は強烈だった。なぜかっていうと、胸元にでかでかと「No Oppai, No Life」って書かれたTシャツを着てたから。わたしたちは一瞬で意気投合した。

過ぎゆく年月とともに、わたしのもとには次々と新しい友人が現れ、そして去っていった。入り口から入ってきては、またすぐ出口から去っていくみたいに。でも、ヤーナは残った。きっと入り口の外には、ほかにもいい友人になれそうな人がいっぱい待っているんだろう。そういう人たちと出会おうとしないのは、もしかしたら単に「めんどくさいから」なのかもしれない。だって、友情にはけっこうパワーがいる。そして正直ときどき思うんだけど……わたしの友情キャパシティは、アンネとヤーナの二人と付き合うだけで、もういっぱいいいっぱいだ。この二人と、Lと、あともちろん息子。それが、わたしが「責任を感じる」数少ない人たちだ。彼らが苦しんでたら、わたしも苦しい。彼らのためなら、どこにだって迎えに行く。たとえ世界の果てまでも。この「相手に対して責任を感じる／何かしてあげたい」っていう気持ちは、「どうでもいい」ってスルーするのとは正反対の感情だ。

だからこそ、わたしはそんな大切な彼らから「誰かを助けたい」と思うことの良し悪しを学んだ。人を助けるって、それ自体はすばらしいことだと思う。それが無私の心から生まれた崇高な目的をもった人助けなら、なおのこと。

――でも、良かれと思ってしたことが思いどおりにいくとは限らないし、善意でしたことが正反対の結果を招くことだって多々あるわけで。それは歴史がみごとなまでに証明してくれる。宣教師に、軍隊に、アヘンの製造だってそう。どれも当初の意図とは裏腹に、人々を次々と死に追いやったんだから。

苦しんでる人を助けたいっていう感情は、きっと誰にでも覚えがあるはず。その苦しんでる人が自分と近しい人なら、なおさらだ。

だけど、こちらの差し出す「助け」が相手にとって本当に助けになるとは限らない。そのことに、人はドロ沼にはまって初めて気づくのだ。わたしもそうだった。あれは、アンネがうつ病を患ったときのこと――。

スルーしてみた 8

「助けてあげたい」症候群

友達がピンチだからって、罪悪感を覚える必要はナッシング！

「最近どうしても気分が鬱々として苦しい、どうやら単なる心の不調じゃなくて、正真正銘のうつ病みたいなの」

そうアンネから聞かされたとき、誰よりも先に立ち上がったのはわたしだった。腕まくりして、手をパンパン叩きながら「よし、わかった！　ほら、何ぐずぐずしてるの？　さっさとそのクソみたいな病気をやっつけるよ！」みたいな勢いで。

でも、じきに判明するのだけど——わたしのその行動は、アンネが必要としてる助けじゃなかった。人は誰かが困ってるのを見ると、「どう助けるのがベストか」を考えるより先にとかく突っ走ってしまいがちだ。でも、それはマジでおすすめできない。わたしがアンネの気分を晴らそうとがんばればがんばるほど、アンネは明るくなれない自分に罪悪感を抱き、わたしはわたしで「うまくいかなかった……」ってやっぱり罪悪感を抱く。それがさらにアンネの心を傷つけて……と、もう完全に苦しみと罪悪感のスパイラルだ。これじゃ誰一人救われない。

この時点でけっこうな量のエネルギーと時間（Lの時間も含めて）と大量のアルコールを投じてたにもかかわらず、アンネは少しもよくならなかった。それどころか、みんなが疲弊していた。「助けてあげたい」が裏目に出た好例だ。

そこにさらにヤーナが加わって、わたしとまったく同じ思考回路にはまり込み「自分が何とかして助けてあげなきゃ」って思ってしまったことで、事態はもうカオスそのものって感じになった。

そんなカオス状態に終止符を打ってくれたのは、わたしが駆け込んだとある相談所の心理カウンセラーだった。めちゃくちゃ賢いことに、そのカウンセラーはこんな的確きわまりない質問をしてくれたのだ。

「じゃあお聞きしますが、あなた、自分は誰よりうまくご友人の心に対処できるって思ってるんですか？　ご友人本人よりも？」

……たしかに。

わたしは、アンネと彼女のうつ病に対して自分が抱いてた「責任」を手放すことにした。そうしたら、急にすべてが変わりだしたのだ。

それを境に、わたしはこの心底ムカつく病気と闘うアンネの姿を見守り、その進展に気づいては感動し、それを言葉にして彼女に伝えるようにした。それが実際にアンネに自信を与え、彼女の助けになったのだ。そうすると、こっちも「アンネを元気づけられないなんて自分は役立たずだ」とか「何もできない無能だ」なんて自分を責めずにすむようになる。わたしたちは二人して、苦難の中でもぎとった小さな勝利や幸せなひとときを喜び合った。

そうする中でアンネの新たな一面を発見して、あらためて尊敬の念を抱いたりもした。

世の中には、うつ病や依存症の友人がいるとか、認知症の母を介護してるとか、そういう大変な状況の人もいると思う。そういう人にはぜひ、カナダの精神科医マイケル・ベネットとその娘のサラ・ベネットの著書『ファックな感情（F*ck Feelings）』（未邦訳）に出てくる次の手紙を読んでみてほしい。

親愛なる「自分へ／家族へ／世界一のダメ人間へ」。

わたしは、愛する人が「苦しんで／泣いて／溺れてもがいて」いるのを、ただ見ているなんてできない。

何かできることがあるはずだって考えてしまうし、自分が「もっとがんばって／ルルドの泉に巡礼に行って／精神科医に大金を注ぎ込んで」どうにかしなきゃと思ってしまう。

でも、それは間違いだ。

もちろん、わたしは「いつも傍にいて／アフロのカツラをかぶって／オナラを連発して」、あなたを笑顔にするためにできる限りのことをしよう。

でも、それでうまくいかなくたって、わたしもあなたも「ダメなやつ」じゃない。

あなたが日々「シャワーを浴びたり／ゴミ出しをしたり／新たな一日を迎えたり」できる――それだけで、じゅうぶんすごいんだから。

スルーしてみた 9

友人の「ムカつくところ」

友達の行動にイラッとする時は、自分の「悪いところ」を直すチャンス

とはいえ、重い病を抱える友達のことで悩んでるって人は、たぶん少数派だろう（幸いなことに）。友人にまつわる一番メジャーな悩みといえば、なんといっても「ときどきマジでイラッとくる」ことだ。といっても友人本人にじゃなく、その人のクセや振る舞いにイラッとくるって意味で。まあ人間誰だって何かしら欠点はある。しかも驚くなかれ――わ

たしもあなたも、例外じゃない。

たとえば、わたしには映画のセリフだけで会話しようとする悪いクセがあって、友人たちを毎度うんざりさせている。何がムカつくって、誰も知らないマイナー映画をネタにして一人で大ウケしてるのが、マジでカチンとくるんだとか。でもね、それくらいは大目に見てほしい。わたしよりLのほうが数倍ひどいんだから。Lは酔っぱらうと、なぜかエセ時代劇口調になるのだ。バーで待ち合わせしてて、わたしが少し遅れて店に入ると「おお、よくぞまいった！　ほれ、近うよれ！」とか大声で叫んでくる。……まあ、もう慣れたけど。


こういうちょっとした悪癖は、誰に迷惑をかけるわけでもない「愛すべきクセ」のカテゴリーに入れていい。完璧な友人なんてこの世にはいないんだから。とはいえ、「まあこれくらい笑って許せるか」って思えないときもあるわけで。そういうとき、友人にイラッとくるのははたして「あり」なんだろうか？　答えは当然、ありだ。だって、あなたも日々友人にイラッとされてるんだから（わたしの映画のセリフみたいに）。

たとえば、もう何度か書いてるけれど、アンネは重度のスピリチュアル好きだ。そのうえ、すごく友人思いの優しい人。するとどうなるかというと……我が家にはアンネからプレゼントされたヘンテコな品の数々があふれかえることになる。調和をもたらす「生命の花」とかいう幾何学模様が描かれたコースターとか。飲み水に生命エネルギーを充填するための、小石が入ったガラス管とか（これは息子のおもちゃとして役立ってる）。透きとおったピラミッドの置物とか、どこで買ったんだってくらい選りすぐりにダサい守護天使の小像（しかも大量）とか。アンネのそういうところは、マジでうんざりする。「えー、優しくていい友人じゃん」って思ったあなた、そんなこと言えるのは守護天使の小像を見たことないからだ。

一方ヤーナは、とある超能力の持ち主だ。わたしはこの能力を「トンネル・ビジョン」って名付けてるんだけど――ヤーナは誰かや何かに対して一度「こうだ」と決めちゃうと、それに反する事実や出来事はきれいさっぱりシャットアウトできるのだ。これが、実にめんどくさい。

友人にイラッとくる理由は、人の数だけ存在する。じゃあ逆に、あなたはどんな悪癖で友人をイラッとさせてるだろう？　酔っぱらうと大声で歌っちゃうとこ？　会話の中に隙あらばダジャレをねじ込んでくるとこ？　話をついつい盛っちゃうとこ？　あなたの「愛すべきクセ」を、左に書き出してみよう。

●
●
●
●
●

うん、オッケー。そんなの別に気にしなくていい。何から何までパーフェクトな人間なんて、この世にはいないんだから。

でも……「愛すべきクセ」と「我慢のならない最低な行為」の違いは、どこにあるんだろう？

ひとつの判断ラインは「周りの人に実害が出るかどうか」だ。友人にイラッとくることをされたとき、「はぁ……」って呆れ顔でため息をつくか、それとも、よけいな時間やエネルギーを浪費するはめになるか。もしため息と呆れ顔だけですめば、それは間違いなく「愛すべきクセ」に数えていい。これも友情の一部とあきらめて、ぐっとこらえよう。それに良好な友情が育まれてれば、相手も絶対「はぁ……」って呆れつつ、あなたの悪癖に耐えてくれてるはず。守護天使や調和をもたらすコースターや生命エネルギーに、ため息と呆れ顔で応じる、これはまあフェアなトレードと言っていい。

問題は、モヤモヤしつつ詩の発表会にお呼ばれしちゃったようなケースだ。この場合、こっちは本当ならスルーしたいことに時間とエネルギーを費やすはめになる。しかも、その時間は本来なら、もっと別のことに使えてたはずなのに（その「別のこと」がソファーでうたた寝することだったとしても、それはそれ）。わたしはこれまで、ゆっくりうたた寝できる幸せな時間と引き替えに、友人たちの有意義な活動の数々に参加してきたわけだけど……その実例をいくつか紹介する前に、これだけは言わせてほしい。

もし大好きな友人が苦境に陥ってたら、わたしは間違いなくソッコーで駆けつける（たとえ、そこがコスタリカでも）。

彼らが苦難の中で必要としてるものは、なんだって差し出そう。時間も、聞く耳も、腎臓も、お金も、それに水も漏らさぬ鉄壁のアリバイだって。何だろうと全然オッケーだ。

ただし……別に個人的に興味ないことで、かつ、わたしがその場にいなくても誰が悲嘆にくれるわけでもないこと――要するに、心おきなくスルーできる活動については、ばっさり切り捨てることにしてる。トムの詩の発表会なんかが、まさにこれ。ほかにも――。

スルーしてみた10

趣味のお誘い

なんでも使える「万能の決めゼリフ」を習得すべし！

世の中にはすばらしい趣味がたくさんあるけど、わたしは基本そのほとんどを放棄している（「ジャージ着て家にいる」くだりを参照）。

誰かを趣味に誘うとき、こんな感じで声をかけてくる人は多い。「今度、一緒にロッククライミングに行かない？　絶対楽しいから！」。たいていの人は「相手は○○の本当の楽しさを知らないだけ」っていう前提からスタートして、「この楽しさが伝わるように、わたしが全力で教えてあげなくちゃ」って思考で攻めてくる。だけど、こっちがそれに対抗して「ジャージ姿でソファーでダラダラする」ことの楽しさを力説しても、どうもイマイチ伝わらないみたい。だから何かを断るとき、わたしは「主義」を持ち出すことにしてる。

「ロッククライミングね、わたしはやめとく。そういうのはしない主義なの」。これで、長々言い訳せずにすむってわけ。

ここで、あなたも「ぶっちゃけ興味がないけど、しかたなくやってること」を洗い出してみよう。で、そういうものは思いきってスルーしてみる。すると、すごい効果を実感できるはずだ。これまで気乗りのしない活動にとられていた時間を、本当にやりたいことに使えるようになるっていう最高の効果を。さっそく洗い出しのヒントとして、チェック項目を用意してみた。判断に迷ったときは、ぜひ参考にしてみてほしい。

ひとつでも「はい」があったら、その活動はソッコーでスルーするのがおすすめだ。

CHECK!

「気乗りのしないお誘い」について
ひとつでも「はい」があったら要注意!

［詩の発表会／手芸／カエルの保護活動／ etc.］に 「ぜひ行くね」って言わないと、 友人に嫌われるんじゃないかと不安で、 しかたなく参加していない？	□ はい □ いいえ
［詩の発表会／手芸／カエルの保護活動／ etc.］に 「ぜひ行くね」って言わないと、 自分が友人のことを嫌ってるって誤解されないか不安で、しかたなく参加していない？	□ はい □ いいえ
知らないうちに「好意の物々交換」を 期待してない？ ［詩の発表会／手芸／カエルの保護活動／ etc.］に 自分が参加するんだから、友人だってこっちの趣味のズンバに（乗り気じゃなくても） 付き合うべきって思ってない？	□ はい □ いいえ
そうするのが友情だって思い込んでない？	□ はい □ いいえ

スルーしてみた11

趣味のバンドのライブ

「いつも忙しそうな人」になればこっちの勝ち

いい加減、学生時代のノリは卒業すべき。学生の頃なら、たとえば仲良し男子三人組がバンドを組んで、お手製のビラとか配って体育館でライブを開いたりするのも、まあわかる。友人のこっちも体育館に駆けつけて、一曲目が終わったのか次の曲が始まったのかもわかんないまま声の限りにシャウトして、場を盛り上げたりしたものだ。うん、わかる、全然問題ない――学生の頃なら。なにしろ当時はほかにすることもなかったし。フェイスブックもツイッターもスマホゲームもなければ、仕事も、子育ても、家事も、うたた寝する必要もなかったんだから当然だ。でも、悲しいかな、それはもう昔の話（特に、うたた寝については）。

おまけに、時は流れて仲良し男子三人組が（世界的なロックスターじゃなく）歯医者と庭師とカウンセラーになっても、曲が終わったのか始まったのかわかんないバンドの音楽性は昔のまま。なので、わたしとしては彼らのライブに駆けつけるのは正直もういいかな、って思うようになった。そもそも、ライブ会場って体育館を思い出させる汗クサさだし。ただ、誤解しないでほしいのだけど――別に歌劇場や自宅の居間ならいいって話じゃない。場所じゃなく、ライブに行くってとこが問題なので。となると、わたしにできる対策はただ一つ。「いつ声をかけても忙しそうな人」を装うことだ。これで子供が生まれるまで粘れれば、あとはもう忙しいフリなんて必要なくなる。なぜなら、実際に超忙しくなるから。子供がくれる恩恵のひとつだ。でも、もしあなたが「自分にとってどうでもいいことはスルーしよう」って心に決めたなら、はっきりこう伝えるしかない。

「今度のライブなんだけど、わたしは家で「アイロンがけ／うたた寝／修行」したいから失礼するね。もちろん、あなたたちはいい人だし大好きだけど、バンドの音楽性は「まあフツー／わたしの趣味じゃない／かなりサイアク」だから」

スルーしてみた12

引っ越しの手伝い

友人なら堂々と「ノー」が一番

これもまた過去の悪しき遺物だと思う。わたしがまだ二〇代だった頃は、思い返せば毎週のように仲間の誰かが引っ越しをしてた。だいたいは、ルームシェア相手とのいざこざが原因で。冷蔵庫の使い方とか、セックス相手とのあれこれとか、掃除や皿洗いの当番についての意見の食い違いをきっかけに、同居人どうしがケンカになるなんて日常茶飯事だったから。とはいえ若い頃の引っ越しなんて、おんぼろトラックが一台もあればじゅうぶんだった。手伝いにきた友人数人が段ボール箱や観葉植物やデスクを一人一つずつ抱えて部屋からトラックへと運び入れ、それからまたトラックから新居へと運び上げる。そうして新しい住処に無事収まったらビールで引っ越し祝い。そんなノリだった。

ただし世の中には、三〇歳を余裕で過ぎてもまだ「今週末に引っ越しするんだけど、手伝ってくれる？」って訊いてくる人たちがいる。こういうタイプは、若い頃と同じライフスタイルを今も維持してる人か（まあ、これは少数派）、または自分のライフスタイルが変わったことに気づいてない人だ（実際はこっちが大半）。手伝いの友人たちが運ぶのは、もう段ボール一箱や観葉植物やデスク一つじゃない。３ＬＤＫのだだっ広い中古マンションから、ありとあらゆる家具を運び出すはめになる。しかも新居はマンションの三階で、エレベーターはなし。もちろん食器洗い機も一緒にお願いね、ってことに。こうなるとノーと言えない性格の人は、「ちょっと腰痛がひどくて……」なんて言い訳に逃げるしかない。三〇過ぎれば、こう言えばだいたいの友人は「あー、わかるわかる」って納得してくれるし。だけど、スルーの法則に則るならば、言うべきセリフはこうだ。

「今週末は［うたた寝／仕事／ムダ毛の処理］がしたいから、手伝いにはいけないんだ。もちろん、あなたのことは大好きだけど、さすがに重労働すぎて疲れちゃうから。週末は体を休めるために使いたいの。あ、でも引っ越し終わりに寄ってくれれば、ビールとピザくらいご馳走するよ」

スルーしてみた 13

プロジェクトのお誘い

ひと思いに「カエルが苦手」と断れば、即終了

ここでいう「プロジェクト」は、具体的に言うと「あなたのご支援が必要です」っていう類のアレだ。人は誰もがそれぞれ胸に大志を抱くもの。それを実現するために、友人知人にサポートを頼んでくる人も少なくない。そうして生まれたすばらしい活動は、世の中にいくらでもある。だから、もし友人から「野生のカエル保護プロジェクト」への協力を頼まれて、あなた自身もその活動をすばらしいって感じたなら（あと、カエルが好きなら）、迷わずバケツを手に駆けつけるといい。

「ママ友の古着交換＋駆け出し芸術家のためのイベントスペース＋動物保護」を合わせ

た画期的なカフェを企画してる友人がいて、その人のためにホームページを作ってあげたいって思うなら、ぜひあなたの力を生かしてほしい。保護施設にいる犬たちの散歩を引き受けてもいいし、難病を抱えた人たちと一緒に手芸をするのもいいだろう。——あなたが本当に心からそうしたいなら。

でも、もし本心では「正直あんまり……」って思ってるのに、動物好きだったり難病を抱えてる友人を傷つけたくない一心でそうしてるなら、はっきりこう伝えるべき。

「〇〇さん、あなたのことは本当に大好き。でも、わたしは［カエルの保護／手芸］をするより、家で［アイロンがけ／うたた寝／修行］をしたいんだ。こんなこと言うのは気が引けるし、あなたに嫌われるんじゃないかって不安だけど……わたし［カエル／手芸］は大の苦手で」

2

RESULT

◆ 断るときの罪悪感も、時間がたてば大きな喜びに変わる

◆ 「しない主義」って魔法のフレーズで9割の誘いはガードできる

第3章 家族、親戚

FAMILIE

スルーしてみた 14

母親のムカつくクセ

家族だからこそ一瞬で怒りが爆発してしまうのはできれば許してほしい

家族。それはいわば、ありとあらゆる要スルー物件が乱れ飛ぶフリースタイルの場——というわけで、ここからは上級レベルに突入だ。「血は水よりも濃し」なんてことわざもあるように、思えばわたしたちは子供の頃から、家族や親戚の大切さを叩き込まれてきた。ネット右翼《ネトウヨ》かぶれの鼻つまみ者の伯父さんだって、親族の集まりがあれば呼ばないわけにはいかない……みたいな空気の中で育ってきた。でも大人になるにつれて、気づくのだ。別にネトウヨの伯父さんは呼ばなくてもよくない？　って。実際、呼ばなくたって何の支障もない。伯父さん本人はひょっとしたら地団駄踏んで悔しがるかもしれないけど……幸いこっちはそんな姿は見なくてすむ。だって、呼んでないから。

けどたいていの場合、家族にまつわる悩みっていうのは、そう簡単な話じゃない。もっと複雑でビミョーな取り扱いを要するものだ。なぜかっていうと、悩みのタネである家族や親戚はけっして意地悪なネトウヨとかじゃなく、普段はとっても愛すべき人たちだから。ただ、その人のある特定のクセや習慣や行動パターンが、人をめちゃくちゃムカつかせるってだけで。しかもそのイラッと具合ときたら……こっちはもう瞬間湯沸かし器にでもなった気分。ちなみに大ざっぱに言って、相手との絆が深ければ深いほど、湯が沸くスピードは速くなる。しかも傍から見てる人たちには、怒ってる原因がまるでわからない。だから、こっちは怒りにグラグラ煮えたぎってるっていうのに「なんでそんなにカッカしてるの？　いいお母さん／伯母さん／妹さんだと思うけど」なんて言われちゃう。それで沸騰したヤカンみたいに「全然、全っ然！」ってシューシューわめきちらしてるうちに、「なんか変わった人だな……」って思われちゃうのがオチ。家族っていうのは、何かしら「ムカつくところ」を尾びれみたいにヒラヒラさせてるものだ。その尾びれには、長い年月の中でその人が家族のあなたに言ったことや、やったことや、やらなかったことが詰まっている。だから、ちょっと触れただけで感情が爆発しちゃうわけ。

家族に対する感情っていうのは、ホントに複雑きわまりない。だからこそ、家族相手にイラッとしたときは、その原因が相手のちょっとした「悪癖」なのか、それとも早急にスルーすべき事案が隠れてるのか、よく見きわめることが大切だ。

ここで、家族（具体的には、うちの母）の悪癖に日々激怒している、とある人（わたしだ）の例を紹介しよう。

うちの母には、我慢のならない悪癖がある。それはもう、こっちが毎度マジギレしてしまうほど。あんまりにもムカつくクセなので、こうして書いてる今も鳥肌が立っちゃうくらいだ。まさに地獄。どんなクセかって言うと……鼻歌だ。

「え？　それだけ？」って思ったあなた。じゃあ、あなた自身が「これされたらマジギレするな」っていう行為をいくつか思い浮かべてみるといい。賭けてもいいけど、その中には傍から見れば「え？　それだけ？」ってものが一つや二つは混じってるはず。わたしの場合は、それが「鼻歌」だったってこと。フンフンフ～ン……おっと。さて、母のソレはこれっぽっちもメロディアスじゃないけど、一応何かの曲のメロディではある。その選曲が、またサイアクなのだ。真夏にクリスマスソングを歌いだしたかと思ったら、お次は『魔笛』のアリアに、エロス・ラマゾッティの大ヒット曲。スーパーのお魚コーナーでかかってるジングルとかも飛び出す始末。まあ、それはまだいい。楽しいっちゃ楽しいし。問題はもっと別のところにある。わたしが我慢ならないのは、母が鼻歌を歌いだす「タイミング」のほう。つまり……人と対立する意見をはっきり口にしたくないとき、母はいっつも鼻歌を歌ってごまかそうとするのだ。たとえば、こんな感じで。

母：食器洗い機に入れる前に予洗いしなさいよ、そのほうがきれいになるでしょ。
わたし：ウチの食器洗い機はそういうの必要ないんだってば。
母：フンフンフ～ン……
わたし：……ムカつく！

または、こんな感じ。

母：このタレント、いかにも脱税してそうな顔してるわね～。
わたし：そんなの見た目でわかるわけないじゃん。
母：フンフンフ～ン……
わたし：……ムカつく！

母と意見が食い違うと、いっつもこんな感じだ。しかもジャンル問わず、政治の話から服の趣味にいたるまで、終始この調子。

母：あんた、それで結婚式に行くつもり？

わたし：なによ、すてきでしょうが！

母：フンフンフ〜ン……

母にとって鼻歌は、気まずい沈黙が流れたときの対処策でもある。たとえば、目の前で知り合いどうしが険悪な空気になったときや、誰かがミスして真っ赤になって黙り込んじゃったときなんかがそう。試しにうちの母と一緒に買い物に行って、店員さんをちょっと困らせてみるといい。ものの三秒もしないうちに、「エリーゼのために」の鼻歌バージョンが聴けるから。

なんで母の鼻歌にこんなにイラッとくるのか。わたし的に、理由はもちろん選曲うんぬんじゃなく、その使い方にある。母は意見の衝突を避けるために――もっと言えば、自分の意見をはっきり言わないために、鼻歌を利用してるのだ。しかも、それでいて「自分はそうは思わないけどね」って暗に示すことができる。

この行動パターンの裏には、ある根深い心理が潜んでる。わたしとしてはマジで理解不能なんだけど……母はとにかく、自分が何かを決めることを避けたいのだ。どんな場面でもそう。そうすれば、何かがうまくいかなくても／美味しくなくても／予定どおりいかなくても、母の責任じゃなくなる。自分は後からしたり顔で「ほら〜そうなると思ってたわよ、わたしは○○したほうがいいって思ってたのに」って言えばいい。そういうところが、マジでムカつくんだ。

というわけで、わたしはもう長いこと母の戦略に対抗してきた。ポイントは、頑として向こうの思惑に乗らないこと。

わたし：今日の夕飯、わたしが家で何かつくる？　それともイタリアンでも食べに行きたい？
母：あんたはどっちがいいの？
わたし：そっちがどうしたいか訊いてるんだってば。
母：もしあんたが家で食べたいなら、それでもいいわよ。
わたし：だから、母さんはどっちがいいわけ？

母：イタリアンもいいけど、家でも別に構わないわよ。

……と、こんな会話が延々と続くことに。

とはいえ、うちの母の鼻歌はあくまで「ちょっとイラッとくるクセ」に入る。それが原因で母本人を完全スルーするかって言ったら、答えは当然ノーだ。じゃあ鼻歌なんか気にしないようにスルーすればいいんだけど……わたし的にそれは絶対ムリ。それでも、できることはある。母としっかり話し合うことだ。なんでそんなに決断を避けたがるのか、きちんと尋ねて話を聞いてあげること。もちろん、それで鼻歌がぴたっと止むことはないと思う。だけど、イラッと感はだいぶ軽減するはずだ。

愛する家族といえど、そのクセや行動パターンはこちらには変えようがない。同じように、それにムカついちゃう気持ちだって、自分には変えようがないわけで。「家族はときにムカつくもの」って認めちゃったほうが、むやみにカッカせずにすむのかもしれない。

とはいえ、変えられることだってある。自分に火の粉がかかりそうなときの、こちらの対応のしかただ。たとえば、わたしがマルタ伯母さんの質問攻めにあったときみたいに。

スルーしてみた 15

マルタ伯母さんの質問攻め

どんなに智恵を絞っても意味ナシ！
親戚相手なら「ワンパターン攻略法」あるのみ

物心ついてからこっち（そして、Lと一緒になるまで）、親戚の集まりでは毎回のようにマルタ伯母さんに悩まされてきた。手にしたコーヒーカップがリキュールのグラスに変わる頃、伯母さんは話題を変えて、わたしへの尋問を開始する。ちなみに、伯母さんの話の変え方はだいぶ唐突だ。

「本当にひどいものよねえ、あの内戦の光景ときたら……ああ、そういえば」ここで、リキュールグラス片手にくるりとこっちを振り向く。まるで、「内戦」って聞いてわたしの元カレのことを思い出したわ、みたいな感じで。「どうなの、あなた、新しい恋人はできたの？」。そのとたん、好奇心と同情をごちゃまぜにした顔また顔がいっせいにこっちに向けられる。

ここでわたしが何て答えようと、待っているのは悲惨な展開だ。もし「はい」って答えたら、すぐさま質問攻めが始まる。たとえば……

・相手の名前は？（これは例のネトウヨ伯父さんの質問。相手の男が移民じゃないか即チェックだ）
・仕事は何をしてるの？（ちゃんと稼いでるのか、それとも前の男みたいにヒモ状態なのか）
・年齢は？（結婚の可能性について探りをいれるため）
・いつ紹介してくれるの？　今度連れてらっしゃいよ（これが一番タチが悪い。わたしの供述の正確性をチェックしようって算段だ）

一方、「いいえ」って答えたところで、事態は少しも良くならない。この場合は、わたしに恋人がいない理由や、どうすればその状況から抜け出せるのかについて、こと細かな分析を聞かされるはめになる。主にやり玉にあがるのは、わたしの服装や、髪型や、自信のなさや、年齢、それに妊娠出産のタイムリミットなんかだ。

さて、マルタ伯母さんのこの質問攻めに、どう対応するのが正解なんだろう。イラッとくるかと訊かれたら、そりゃもう当然イラッとくる。これでもかってくらいプライバシーの侵害だし。だからといって、その場でブチキレて「マルタ伯母さんなんてスルーしてやる！」って叫びながら親戚一同の前から走り去るのは、ちょっとやりすぎだ。マルタ伯母さんだって根はいい人なんだから。他の親戚の人たちもそう（ただし、ネトウヨの伯父さんは除く）。

じゃあ、どうすればマルタ伯母さんを傷つけず、しかも親戚のみんなから「まあ、ずいぶん神経質な子ねえ」って引かれることなく、質問攻めをやり過ごせるだろう？

答えは、「ニコニコ感じよく振る舞うこと」。ニコニコしとけば、内心うんざりな話題だって基本スルーできる。しかも、誰にも悪く思われずにすむし（誰にどう思われようと気にしないって状況なら、話はまた別だけど）。たとえば、こんな感じ。

マルタ伯母さん：どうなの、あなた、新しい恋人はできたの？

わたし：もう～伯母さんってば、わたしの恋バナはいいから。それよりクレタ島の旅行はどうだったの？　そっちのほうが詳しく聞きたいなあ。

これでもまだしつこく詮索してくる親戚がいたら、こっちには奥の手「お手洗いに立つ」がある。戻ってくる頃には、みんなもう次の話題に夢中になってることだろう。おばあちゃんが若い頃「お腹に腫瘍ができた」って思い込んで病院に行ったら、実は妊娠してた話とか。「我が家って、いつもおんなじ昔話で笑ってるわねえ」って話とか。

そういうわけだから、質問攻めを避けるために、わざわざ失礼な態度をとる必要なんて全然ないのだ。だから、「結婚式のたびに親戚から『次はあなたね』って囁かれていい加減うんざりしたので、お葬式のたびに親戚に同じように『次はあなたね』と囁いてみたら何も言われなくなった」っていう有名な逸話があるけど……そういうのはマジでやめるように。

スルーしてみた16

義母への猫かぶり

「いい嫁のフリ」なんてやめて、わざと掃除も料理もやらなかった結果……

ところで、多くの人にとって「家族」というのは愛する自分の実家だけじゃない。なぜなら……結婚したら、相手の家族もおのずと無料で付いてくるから。人は人生の伴侶は選べても、伴侶の家族までは選べない。だから超ラッキーにも相手先のご家族とすごく相性がいい（あまりに仲良しすぎて、離婚後に元夫より元家族のほうが恋しくなっちゃうくらい）っていう人もいれば、「ビミョー……」あるいは「犬猿の仲です」っていう人もいるだろう。なかでも特に「ビミョー」や「犬猿の仲」になりがちなのが、妻と姑の関係だ。たとえば、わたしと、Lのお母さんみたいに。義母はわたしにとって、フェイスブックの交際ステータスで「複雑な関係」に該当する唯一の人だ。こちらがどんなに先方に好かれたいと願っても、また、向こうがどんなに息子の嫁を好きになりたいと願ってくれたとしても――わたしたち二人の間には、けっして避けて通れない厳然たる事実がある。わたしは彼女の愛する息子を奪った女で、彼女はそれをけっして許さないってこと。

わたしが義母にとって理想の嫁じゃないことは、初対面のときからすでに微妙に伝わってきた。初顔合わせはレストランでの会食だったのだけど……ひとしきり探り合いを終え、前菜とメインの間にちょっとばかり友好的な会話を交わしたところで、未来の義母はすっと席を立ってトイレに向かい――そこで、思いっきり吐いたのだ。

それから時は流れ、わたしたちの関係もだいぶ変わった。お互いへの理解も深まったし、Lとわたしの間には子供も生まれた。義母がわたしを見て吐いちゃうこともなくなった。とはいえ、二人の間にさして深い愛情が育まれたわけじゃない。義母とわたしは、あまりにも違いすぎた。それでもわたしは、義母がウチに来ると聞くたびに、そりゃもう多大な努力をしてきた。たぶん、そうすることで少しでも義母に好いてもらえるんじゃないかって、淡い期待を抱いてたんだと思う。どんな努力をしてたかっていうと……

・枯れてしおしおになった観葉植物を処分（息子と孫も同じ目に遭わせてるんじゃないかしらって疑われないように）
・家じゅう大掃除して、お風呂をピカピカに磨く
・去年のクリスマスにもらった、いかにもな手作り風ベッドカバーをベッドにかける
・ハーブの植木鉢をキッチンのあちこちに置いて、料理上手な嫁を装う
・高級菓子店でお高いケーキを買っておく
・壁のボードに貼ってある仮装パーティーのときの写真（ミツバチのコスプレ姿のわたしが泥酔してテーブルで寝ちゃってるやつ）を、家族写真にチェンジ
・義母からプレゼントされたマクラメ編みのプラントハンガー（植木鉢を吊り下げるやつね）を物置から引っぱりだす
・のんきなしが義母のいる前で「あれ、今日はずいぶん家がきれいじゃん」とか、「このダサいプラントハンガー、どこで買ってきたんだい？」とか言って人の苦労を台無しにしないように、あらかじめ釘を刺しておく
・冷蔵庫にシャンパンを冷やしとく（ヘマをしたときにヤケ酒できるように。万一うまく事が運んだら、そのときは義母に一杯すすめればいいからムダにはならないし）

いざ義母が我が家にやって来たら、とにかく必死で会話をつなげる。女性誌のこととか、ショッピングのこととか、義母の知り合いの病気のこととか——そういう自分的にはこれっぽっちも興味のない、むしろ「知るか」って感じの話題でも、愛想よくうなずいて。

お気づきだろうか？　そう、わたしの人生で今すぐソッコーでスルーすべきことがあるとしたら、それは間違いなく「義母に気に入られたい」っていう感情だ。

「……というわけ。どう思う？」いつものごとく、Lに訊いてみた。これまでわたしと義母の初対面の話をさんざん笑いのタネにしてきたLは、「そんなこと言ったって、具体的に何するわけ？」って肩をすくめてる。でもね、違うんだな。問題は「何をするか」じゃない。いかに何もしないか、大事なのはソコだ。

というわけで。次に義母がうちに来るとき、わたしはリストに挙げた行動をあえて全部やめてみることにした。ただし「シャンパンを冷やしとく」は例外だけど（万一のために、一応……）。前回の章で「掃除なんていらない」って思い込みはスルーできてたので、必要最低限のもの（寝室に散らばってるLの靴下）だけは片づけておいた。

大掃除はしない。マクラメ編みのプラントハンガーも物置に眠ったまま。壁のボードの泥酔写真も替えなかったし、ケーキも用意しなかった。そのかわりと言っちゃなんだけど、わたしは胸に大きな決意を秘めていた。――義母の前で「いい嫁」のフリなんて、もうしない。

我が家にやって来た義母は、いつものように息子に熱烈歓迎されて、さっそく遊びに付き合わされてる。普段だったら、ある程度のところで「ほら、おばあちゃんが疲れちゃうでしょ」って息子にひと声かけるんだけど……この日は違った。わたしは何も言わずに食器洗い機に入ってたお皿を片づけて（また次の洗いものを突っ込み）、いくつかのメールに返信して、コーヒーを淹れた。家にある絵本を全部読み聞かせし終えるまでは、義母は孫の相手で手いっぱいのはず。心の中で〝おさるのジョージ〟（幼児に大人気の絵本のキャラだ）とハイタッチを交わしつつ、わたしはそっと様子を見守ることにした。それにしても、義母は思ったよりずっとがんばってる。今は子供用テントに四つん這《ば》いで上半身を突っ込んで、お尻だけがちょこんと外に出てる状態。その姿があんまりにもキュートだったので、わたしはついつい笑ってしまった。

やがて、義母はようやく自分から休憩を申し出た。髪も服もだいぶヨレヨレだけど、なんだかすごくうれしそう。キッチンにやってきて一息ついた彼女に、わたしはコーヒーを差し出した。どうやら室内がいつもみたいにピカピカじゃないことや、プラントハンガーが跡形もなく消えてることには、まだ気づかれてないっぽい。ただし残念なことに、壁のボードに貼られた泥酔写真にはソッコーで気づかれた。義母は写真を指さして、こう尋ねてきた。「あれは？」

このときのわたしの心境、おわかりだろうか？「さあ、知らない人ですね」ってすっとぼけたいのをぐっと堪えて、「あ、あれですか？酔っぱらったミツバチのコスプレしたわたしですね」って白状しなきゃならない、この葛藤が。それに実際、写真の中のわたしの顔は、だらりと垂れたミツバチの触覚に隠れてよく見えない。ごまかそうと思えば、いくらでもごまかせる。

だけど……「いい嫁」のフリなんて、もうしないって誓ったじゃないか。わたしは心の中で自分にそう言い聞かせ、義母にあるがままの真実を語った。義母は、少しの間無言だった。それから身を乗り出して写真に顔を近づけ、しげしげと眺める。「顔に引っかかってるこれは何かしら？ストッキング？」

今度はわたしが慌てて写真を見直す番だった。「これは……ええと、触覚です。ほら、ストッキングに細長いバルーンを入れて立たせてたんですけど、バルーンが途中でしぼんじゃって」

「あら、そう」義母はそう言ってコーヒーをひと口飲んだ。たったそれだけ。眉ひとつ動かさない。それからふと、何かに気づいた様子でキッチンを見回した。「そういえば、ハーブの鉢はどうしたの？　この辺にたくさん置いてあったでしょう？」。わたしは「ええ」とうなずいて、「あれは捨てちゃいました」って正直に答えた。今度こそ、義母の眉がつり上がった。「あ、いや違うんです、Lが料理に使うハーブじゃないから……Lはいつも採れたてのを自分で買ってくるんです」

「あなたは、普段あんまり料理をしないのかしら？」って尋ねられた。またしても「ウソついてごまかしたい！」っていう抗いがたい衝動に襲われる。

「……ええ、あんまり」やっとの思いで、わたしはそう答えた。その後に続くであろう、「何も聞こえませんでしたけど、何か？」みたいなシラーっとした沈黙を、なかば覚悟して。ところが……なんと義母は声をあげて笑ったのだ。「わかるわ、わたしもよ。お菓子作りは好きなんだけど、料理は大っ嫌いなの」。思わず、それこそ身を乗り出して義母の顔をしげしげ見つめそうになった。だって、あの義母が――カンペキな良妻賢母で、この前なんて今まで食べたことないくらい最高に美味しいロールキャベツを出してくれた、あの義母が――料理嫌いって、ウソでしょ？

「……シャンパン、飲みます？」

「あら、いいわね！」

そこから先は、意外と悪くなかった。義母との会話は、けっしていつもみたいにクソ退屈じゃなかった。そうして、わたしは気づいたのだ。こっちが本当の自分をさらけ出してはじめて、義母もそれに反応できる。そうすることで、やっと本当の会話ってものが生まれるんだ。そうじゃない上辺ばっかりのやり取りは、結局ただのお芝居だ。

もちろん、わたしたち二人はたぶん永遠の親友にはなれないだろう。それでも、今のわたしはもう義母が家に来るからってストレスを感じたりしない。だって、何の準備もしないで、ゆったりお出迎えすればいいんだから。上っ面の会話だってしなくていいし。おまけに、ケーキの用意さえいらなくなった。なぜかっていうと——「ほらこれ、おみやげよ！」って、義母が毎回お手製のフルーツケーキをにこやかに手渡してくれるから。「おばあちゃんのケーキ」は息子の大好物で、義母はすごく満足そう。もちろん、わたしも。

……泥酔ミツバチの件はさておき。

さて、ここからは家族や親戚にまつわる「よくある要スルー物件」をいくつか見ていこう。ぜひ、スルー実践のヒントにしてみてほしい。

スルーしてみた 17

家族や親戚からの贈り物

大量の食器に思い出の遺品たち……
わが家はコイツらの物置部屋じゃない！

さっきマクラメ編みのプラントハンガーについて触れたと思うけど……プレゼントっていうのは、だいたい次のどちらかに分類できる。

カテゴリー1

・もらう側の好みがそこそこ考慮されてて、実際そこそこ好みに合ったプレゼント
・もらう側があらかじめリクエストしたプレゼント

カテゴリー2

・もらう側の好みが考慮された形跡はあるものの、残念ながらイマイチ好みじゃないプレゼント
・実用一点張りのプレゼント（恋人や夫からコレをプレゼントされた場合、大ゲンカや離婚の原因になることも……）
・贈る側が相手に「使ってほしいな」って思って選んだプレゼント
・かつ、贈る側が自分で「使いたいな」って思って選んだプレゼント（例：電動のこぎり）

あなたのご自宅の広さによっては、そういう長年積もりに積もったプレゼントすべてを保管しておくことも、まあアリかもしれない。どれを誰からもらったか逐一覚えておいて、その人が家に遊びに来るときだけ急いで物置から引っぱり出す、みたいな（わたしが義母からもらったマクラメ編みのプラントハンガーについて長年とっていた手法がコレ）。でも、もしそれ

が嫌なら……あとはもう捨てるしかない。「これはいらないいな」っていうもらい物は、ばっさり捨てるべし。

ただし、そこで問題になるのが「形見の品」だ。亡き人の形見や遺品っていうのは、正直こっちが選んでリクエストしたものでもなければ、贈る側が特にあなたのために選んでくれた品でもない。だから、たとえば形見にもらった大量の食器セットとか毛皮のマフラーとかが自分の気に入る品かどうかは、まさに運しだいってところがある。もっとも、亡くなった母方のおばあちゃんの食器やファッションの好みが、あなたのそれと似てる確率は限りなく低いわけだけど……。

形見の品のやっかいなところは、その一つ一つに（それこそ、お皿一枚、マフラー一つに）人の想いがたっぷり詰まっていることだ。だから「いりません」ってそっけなく断ることも、「いらないから捨てちゃおう」って思いきって断捨離することも難しい。もちろん、「人の気持ちなんてスルーでいいじゃん」って考え方もあるかもしれないけど……それじゃただの「いけ好かないやつ」だ。それはやっぱり、よくない。

そこでおすすめしたいのが、もうちょっと現実的なこちらの方法。「うーん、しまっとく場所がないわ、残念!」これだ。このセリフを言いながら、両手のひらをほっぺたに当てて、悲しげに頭を振りつつ涙をこらえよう。これがけっこう効果的で、わたしなんかもう何十回となくお世話になってる。「ひいおばあちゃんの形見のアールヌーヴォーの花瓶?あ、わりとステキじゃない? これはどこかにしまっておけそう」

「陶器人形のセット?

……うーん、しまっとく場所がないわ、残念!」

ってな感じで、手をほっぺたに当てて、頭を振って、涙をこらえる。これでオッケー。

もちろん、どこかしらに場所はあると思うけど……少なくとも、それはあなたの家の中じゃない。

このたびは飛鳥新社の本をご購入いただきありがとうございます。

今後の出版物の参考にさせていただきますので、以下の質問にお答え下さい。ご協力よろしくお願いいたします。

■この本を最初に何でお知りになりましたか

1.新聞広告（　　　　　　新聞）
2.webサイトやSNSを見て（サイト名　　　　　　　　　　　　　）
3.新聞・雑誌の紹介記事を読んで（紙・誌名　　　　　　　　　　）
4.TV・ラジオで　5.書店で実物を見て　6.知人にすすめられて
7.その他（　　　　　　　　　　　　　　　　　　　　　　　　　）

■この本をお買い求めになった動機は何ですか

1.テーマに興味があったので　2.タイトルに惹かれて
3.装丁・帯に惹かれて　4.著者に惹かれて
5.広告・書評に惹かれて　6.その他（　　　　　　　　　　　　　）

■本書へのご意見・ご感想をお聞かせ下さい

■いまあなたが興味を持たれているテーマや人物をお教え下さい

※あなたのご意見・ご感想を新聞・雑誌広告や小社ホームページ上で
1.掲載してもよい　2.掲載しては困る　3.匿名ならよい

ホームページURL http://www.asukashinsha.co.jp

郵 便 は が き

63円切手を
お貼り
ください

101-0003

東京都千代田区一ツ橋2-4-3
光文恒産ビル2F

（株）飛鳥新社　出版部　読者カード係行

フリガナ	
ご氏名	性別　男・女 年齢　　　歳
フリガナ	
ご住所〒 TEL　　（　　　）	
お買い上げの書籍タイトル	
ご職業　1.会社員　2.公務員　3.学生　4.自営業　5.教員　6.自由業　7.主婦　8.その他（　　　）	
お買い上げのショップ名　　所在地	

★ご記入いただいた個人情報は、弊社出版物の資料目的以外で使用することはありません。

「う〜ん、残念ー」って
バシバシ捨ててみる

スルーしてみた18

ネトウヨの伯父さん

うざい親族を無視する時に、後ろめたさは一切不要!

わたし的に、これっぽっちも罪悪感なく「人の気持ちなんてスルーでいい」って堂々と宣言できる数少ないケースがこれだ。ムカつく伯父さんは、家族の集まりには来るな、以上。理由なんかどうでもいい。世の中には、親戚の集まりにのうのうとやってきて、椅子にふんぞり返ってる伯父さんがたくさんいることだろう。そいつがたとえば姪っ子にセクハラまがいのことをしたり、家で伯母さんを殴ったりしてるのは、親戚の誰もが知るところなのに。にもかかわらず、本人は店の外に叩き出されることもなく、ビュッフェから二皿目のポテトサラダとか取ってきて平然としてたりする。うちの伯父さんもそうだった。ちなみにヤツが嫌われてる理由は、重度のネトウヨだから。どこでそんな思想にかぶれちゃったのかは謎だ。家族のほかの人たちは、少なくともその点に関しては、みんなまともそうに見えるのに……。そんなわけで親戚一同から煙たがられてるにもかかわらず、結婚式から出産祝いから誰かの誕生日まで、伯父はありとあらゆる親戚の集いに呼ばれていた。ただし、一応暗黙のルールみたいなものはあって、みんなの前であからさまな差別発言はさすがに控えてたみたい――あるときまでは。あれは、いとこの結婚式での出来事だった。たっぷりお酒を飲んで気分がよくなっちゃったのか、伯父さんはこの暗黙のルールをころっと忘れちゃったのだ。ちなみに、新郎はナイジェリア出身だったんだけど――何が起こったか、もうおわかりだろう。この一件の後、一族の若い層（つまり、わたしといとこ）が「あの伯父さんが来るなら、もう親族の集まりにはいっさい顔出さないから！」って宣言したおかげで、ヤツはようやく出入り禁止になった。それにしても……なんでもっと早くそうできなかったんだろう？　そこにはたぶん、身内ならではのやっかいな心理が絡んでるんだと思う。それは、後ろめたさだ。「一人だけ呼ばないなんて、そんなの申し訳ないし……」みたいな心理は、家族や親戚みたいな集団の中にいるほど強くなる。

そんなの、スルーでいいのに。

スルーしてみた19

宗教と政治の話

こっそりと本音を伝えつつ空気を悪くせずにうまく逃げる

うちの伯父さん以外にも、アホらしい思想や宗教にハマっちゃってる家族や親戚は世の中に山ほどいる。「○○をぶっつぶす党」的なやつから、厳格すぎる宗教、はては「気候変動はウソだ」みたいな陰謀論を信じ込んじゃう人まで、親戚内を見回せば、そりゃもうありとあらゆる「困った身内」のオンパレードだ。でも親しい友人相手ならまだしも、親戚のちょっとアレな信条や政治思想にいちいち反論する必要なんてないわけで。特に「信じるか信じないか」の話になっちゃうと、いくら議論したって無意味。なので、そういう話題はスルーするに限る。そうすれば、ちょっとお茶するぶんには何の問題もないはずだ。——ただし、なごやかな雰囲気と相手の一見まともな態度にうっかり気が緩んで、政党とか教会とか気候とか、触れちゃいけない話題に触れちゃわない限りは。特にお茶じゃなくお酒の席の場合は（うちのマルタ伯母さんみたいに）口が滑らかになりがちなので要注意だ。

信心深いヘルミーネ伯母さんなんかは、愛する人たちに「真の幸せへと至る唯一の道」を教えてあげなきゃって使命感に燃えてたりする（こっちはそれを避けるために、わざわざ回り道してるんだけど）。こういう親戚のおせっかいは、文句なしに「周りの人に実害をおよぼす、スルーすべき行動パターン」に入れていい。じゃあ、どうすれば上手にスルーできるだろう？　どうしたら、伯母さんの熱心な布教にひたすら「ええ」「そうよね」って相槌を打ちつつ、話題が変わるまでじっと我慢せずにすむだろう？　家に帰る道すがら、相手の主義主張をむりやり押しつけられた不快感にモヤモヤしたりせずに、Lと二人で伯母さんの悪口なんか言い合って盛り上がれるだろう？

ここで、あらためて考えてみよう。

START!

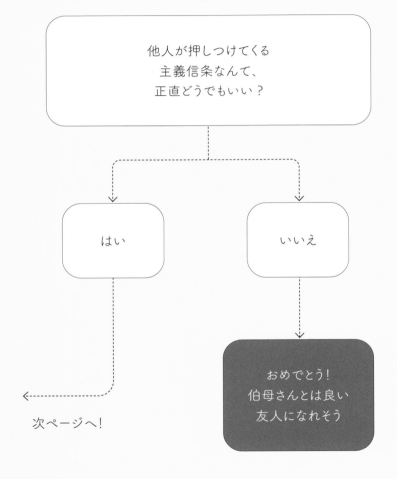

他人が押しつけてくる
主義信条なんて、
正直どうでもいい？

はい

いいえ

おめでとう！
伯母さんとは良い
友人になれそう

次ページへ！

右の図で「はい」だった人には、こんな感じの対応がおすすめだ。

「ええ、伯母さんの言ってること、よくわかるわ。だけど、わたしの考えは違うし、それについて議論はしたくないの。特に、こんなに美味しそうなケーキを前にしてはね。ほら、もう一切れどう？」

このとき、ヘルミーネ伯母さん本人をスルーしちゃう必要はまったくない。少し前に紹介した、マルタ伯母さんの質問攻めをスルーするときの戦法を思い出してみよう。


ニコニコしとけば、内心うんざりな話題だって基本スルーできる。しかも、誰にも悪く思われずにすむし（誰にどう思われようと気にしないって状況なら、話はまた別だけど）。


この戦法を使えば、ヘルミーネ伯母さんもついケーキのおかわりに手を伸ばしてくれるかも。そしたら、しばらくはモグモグしてるはずだから、その隙にすばやく話題を変えよう。

この戦法、たとえば犬のしつけの話なんかでも有効だ。「犬をソファに乗せてるの？よくないわよ、そういうのは」ってお説教されたら……

「ええ、伯母さんの言ってること、よくわかるわ。だけど、わたしの考えは違うし、それについて議論はしたくないの。特に、こんなに美味しそうなケーキを前にしてはね。ほら、もう一切れどう?」

子育てについて持論を展開されたときも同じ。

「あなた、ちょっと子供を甘やかしすぎじゃない?」って言われたら……

「ええ、伯母さんの言ってること、よくわかるわ。だけど、わたしの考えは違うし、それについて議論はしたくないの。特に、こんなに美味しそうなケーキを前にしてはね。ほら、もう一切れどう?」

こうすれば、つまらない話を最後まで聞かされずにすむってわけ(まあ、かわりにヘルミーネ伯母さんは肥満まっしぐらだけど……)。

さらに、この戦法にはもう一つすばらしい効能がある。それは「ウソやお愛想でごまかしたりせず、自分の本心を言える」ってこと。それって、すごく気持ちいいことだ。

スルーしてみた20

食事のあれこれ

付き合いでマズい物なんてサイアク
美味しいものだけ食べていたい

ところで、わたしは肉を食べるのが好き。こう言うと、ある特定の層には「わたしは赤ん坊を食べるのが好き」って言ったかのごとく極悪人扱いされるけど……。そんなわたしも一時期、肉をいっさい断ってベジタリアンを貫いてたことがある。もしかしたら、いつの日かまた再開するかもしれない。でも、とりあえず息子が生まれてからこっち、わたしの食習慣は大きく変わった。どう変わったかっていうと……食べるものの大半が「息子の残したもの」で構成されてるってこと。だって、我が家には残飯を処理してくれる飼いブタなんていないし、かといって料理を捨てるのも（料理を作るのと同じくらい）忍びない。となると、わたしがブタになるしかないってわけ。ちなみに息子はソーセージパンとウィンナーと鶏もも肉大好きっ子に育ったから、わたしの食生活もベジタリアンとはほど遠いものになっている。個人的には特にこだわりもないから全然いいんだけど……どうやら、そういう人は少数派らしい。わたしの仲間内には、食や栄養について語り合うのが大好きって人がけっこう多い。そういう人たちが盛り上がってるのをしり目に、わたしはあくびを噛み殺しながらチョコレートをまた一つ口に放り込むのだ。タンパク質の分解がどうとか、グルテンの影響で頭のイカれた左派の過激派が増えてるとか、そういう最新の研究結果にわたしは本当に興味がない。まさにスルー対象。パレオダイエットとか卵乳菜食とか、「いいんじゃない？　知らないけど」って感じで、異論もなければ持論もない。もちろん、そういうのが好きな人は、好きなだけ語り合えばいい。

ちなみに、わたしが食に求める条件はたった一つ。美味しいこと、それだけだ。あなたにもきっと、これだけは譲れないっていう条件があると思う。肉や魚はＮＧとか、ハラル認証がないとダメとか、紫色のもの以外は食べたくないとか。たとえ何であれ、あなたのその権利は尊重されるべきだ（もちろん、わたしの権利も）。さて、なぜ家族と親戚の章でこんなことを言い出したかっていうと……親族の集まりやお祝い事には（少なくとも我が家では）

料理がつきものだから。飲み食いするために集まってるって言っても過言じゃない。まあ、無理もないだろう。なにしろ遠い親戚の中には「食物を摂取することで生命を維持してる」ってことぐらいしか共通点のない人も多いから。なので、「今年はあんまり大がかりな料理はやめにしない？」とか提案しても、だいたい却下される。そんなことしたら、一族の平和の礎（である秘伝のローストポーク）が危機に瀕してしまうから。

そのうえ、こういう集まりにやってくる人は大半がご老人で、食べ物でも何でも新しいものは受け付けないって人が多い。「なんで○○を食べないんだね？　え、体に悪い？　わしらは子供の頃からあれを食べてるが、今もピンピンしとるぞ」って感じで。その後きまって「動物の皮を身につけられないから毎日ゴム長靴を履いてたベジタリアンの話」っていうお決まりのジョークを聞かされるわけ。

さらに悪いことに、わたしの場合「自分が（少なくとも、ある程度は）美味しいって思うものしか食べません」っていうスタンスだ。料理した人を喜ばせたい一心で、食べたくもない物を笑顔でむりやり口に押し込むのは、もうだいぶ前にやめにした。それで親戚から「気難しい子ね」とか「めんどくさい」とか「つんけんして感じ悪い」って思われようが、そんなのスルーでいい。おかげで、子牛の肺の酢煮込みとか鯉料理とかをムリして食べずにすむようになったし。

スルーしてみた21

家族の伝統

ケンカするくらいならクリスマス行事だってパス！
シンプルなお祝いでも十分ハッピーになれる

それにしても、家族や親戚ってつくづく、要スルー物件がゴロゴロしてる地雷原だな、と思う。なかでも「家族の伝統」ってやつは、特に要注意なキケン地帯。そんなキケン地帯にあって、もっともキケンな地雷は何かっていうと――そう、クリスマスだ。「お祝いの料理は何にするか、プレゼントはいつ渡すか、どんなＢＧＭを流すか、教会に行くか行かないか」を筆頭に、「クリスマスツリーの飾りつけは誰が、いつ、どんな感じで担当するか」みたいな細かな決め事がずらりと並んでる。そもそも、そこに至るまでの前準備からして、すでにキケンでいっぱいだ。サンタクロースはいつ、どんな格好で登場するか。クリスマス用のクッキーは誰が焼くか、そして何より、クッキーの種類はどうするか。そういう細かい部分が、ときにクリスマスそのものと同じくらい重視される。たとえば我が家では、クッキーは絶対バタークッキーと決まってて、それに食用着色料で色をつけたカラフルな糖衣をかける。色は必ず、水色、ピンク、黄色、緑の四色。このルールからちょっとでも外れたら、それはもうクリスマスのクッキーじゃない。きっとどの家のクリスマスにも、こういう「問答無用で絶対そうすべきものリスト」があると思う。たとえば我が家のリストは、こんな感じ。

・カラフルなバタークッキー
・ゴスペルのCD
・ちょっとおめかしした服装
・クリスマスツリーには、赤い飾り玉と麦わら細工のお星さま

おととしのクリスマスまでは、このリストにもう一つ、ある項目が並んでいた。それが、こちら。

・フォンデュ

ちなみに、我が家のフォンデュはパンのかわりに肉をオイルに浸す肉フォンデュだ。クリスマス・イブには、毎年必ずこれを食べてきた。わたしがベジタリアンだった時期ですら、イブだけは例外。聖夜だけは肉食の女と化してきた。そうこうするうちに、息子が生まれた。息子の記念すべき最初のクリスマスは、実にあっさりしたものだった。――いや、もちろんわたしたち両親はめちゃくちゃ気合を入れてたんだけど、当の本人がぐっすり眠りこけてたものだから。とはいえ、ちょっとしたドタバタはあった。主に、フォンデュ鍋の下に置く燃料入れのポットの関係で。トラブルの原因は二つ。

1. ポットが見つからなかった
2. 燃料が見つからなかった

わたしとLが「キッチン用具の準備はどっちの責任か」（わたしに言わせれば、Lだ）で大ゲンカせずにすんだのは、ひとえに聖なる夜の思し召しだったと思う。

その翌年。息子は今度はばっちりお目覚めで、ごきげんでお手伝いをしてくれた。おかげで、息子の髪の毛と犬の毛が水色とピンクと黄色と緑に染まることに……。さらに、クリスマスツリーの様子も、いつもの年とはひと味違った。息子が彼なりにクリスマス飾りにぴったりだと思ったものを、手の届く一番下の枝に片っ端から引っかけたからだ。靴下に、ぬいぐるみ、アルミホイルの切れ端、それから（犬にとってはうれしいことに）ソーセージのスライス。みんな（特に犬は）楽しく昼間を過ごし、そうしていよいよクリスマス・イブがやってきた。

Lは昼からずっとキッチンにこもって、フォンデュのソースを準備してる。それはすごくありがたいことだし、Lのソースはまさに絶品だ。種類が五つか六つもあって――なので、午後はずっとソース作りにかかりっきり。そうなると、わたしは息子の世話で手一杯になっちゃって、自分が「ちょっとおめかし」することも、プレゼントをラッピングすることもできない。せっかくのすてきなゴスペルのBGMだって、こっちがひっきりなしに「あ、こら！　犬を舐めちゃだめ！」「犬を舐めちゃだめって言ってるでしょ！」「もう！　何度言ったらわかるの！」って叫んでる状況じゃ、ムードもへったくれもない。

いまいましいソースがようやく完成して、家族みんなでフォンデュ鍋を囲んだ時点で、

Ｌはまだエプロンを付けたまま、わたしはジャージ姿、息子はフォンデュ用フォークで自分の靴下をザクザク突き刺してるって状態だった。しかも息子が熱い油でやけどしないようにフォンデュ鍋をなるべく遠くに置いたものだから、肉をオイルに浸すにも中腰の体勢にならなきゃいけない。息子はまるでフォンデュフォークが刺さったみたいにギャーギャー叫んでるし（実際は別に理由なんてない。幼児っていうのは、ただ叫びたいから叫ぶだけだ）。そうこうするうちに、なんと鍋の火が消えた。わたしとＬは思わず目を見開いて顔を見合わせた。――またか！

その場にいる全員が、できる限りのことをした。Ｌはオイル入りの鍋を持ち上げ、わたしは鍋の下の燃料ポットを必死にチェックし、息子は犬にエッグソースを食べさせ――けれど努力もむなしく、燃料ポットの炎が再び灯ることはなかった。

ところが、今年のＬに死角はなかった。「こんなこともあろうかと、予備の燃料を買っといたぞ！」って誇らしげに言って、ポットに新たに燃料を注ぐ（なんとＬは念には念を入れて、予備のポットまで用意してたらしい）。

でも……その、なんて言ったらいいのか、まあ結論から言うと、火は点かなかった。ホントにこれっぽっちも。ゼロ。ナッシング。何この燃料、火事の消火に使えるんじゃないのってくらい。結局、アロマキャンドルをいくつか動員して、生ぬるいオイル鍋に高級肉を浸し、さえない色のそれに各種ソースをつけていただいた（ただし、エッグソースはもう犬が平らげちゃってたけど……）。それも、息子がおとなしく座っていられた間だけ。結局わたしはクリスマス飾りのベルを鳴らしてみせたり、音楽をかけたりと大わらわするはめに。総じて、クリスマスらしさは（少なくとも、今この瞬間は）かけらもなかった。

それ以来、我が家では「フォンデュはスルー！」が合言葉になっている。

といっても、完全スルーってわけじゃない。今年は、イブじゃなくクリスマス当日にフォンデュをすることにした。のんびりジャージ姿で、ソースの種類も少なめにして。息子もむりにテーブルにつかせず、好きなようにさせておいた。クリスマスっぽい音楽や、飾りつけや、いろんなタイミングに気を配る必要もない。プレゼントをちゃんと所定の位置にスタンバイさせたかどうかも。

ちなみに、イブの夜はソーセージとポテトサラダでシンプルにお祝いした。もしかしたら、これが我が家の新しい伝統になるのかも。そうして、また誰かが「変えなきゃ」って思い立つまで、ずっとそのまま受け継がれていくんだろう。

スルーしてみた22

両親の期待

「親をガッカリさせるのは子供の仕事」と心得ておけばいつだって心はスッキリ

ごめん、ミミ伯母さんの四七回目の結婚記念祝いには行かないから。わたしとLの結婚式にご近所さんも呼びたい？　悪いけど、それはだめ。二人目の孫（今度は女の子がいい）？　あきらめて。それにLはお父さんの事業を継いだりしないし、親戚全員で行く二週間のクルーズの旅なんて、わたしたちはまっぴらごめん。「もっとまともな仕事」に就くつもりもないし、黒ぶち眼鏡をかけて読書会なんかする気もない。博士号を取るなんて、もってのほか——。

そんな感じで、わたしは長いこと家族や親戚の期待をバッサバッサと裏切り続けてきた。特に、母の期待を。そのたびに、母はちょっぴり苦い顔でうつむくフリなんかして、例によって鼻歌を歌いだすんだけど。

親が子供に大きな期待をかけるのは、子供が生まれたその瞬間から「うちの子は最高だ」って信じてるから。かく言うわたしも例外じゃない。母親になってからずっと、うちの息子（まだ幼稚園児）には類まれな高い知能が備わってるってマジで信じてる。たとえ、まだオムツが取れてなくても。親のわたしは、息子がやることなすことすべてに、あふれんばかりの才能を感じる。それに、我が子ながら見た目だってカンペキだし――と、こんな感じで幼少期は過ぎるのだけど……やがて、思春期がやってくる。

思春期っていうのは、親の期待を裏切る練習の時期って言ってもいい。服装にはじまって（ズタボロのジーンズ、超ミニスカート、バギーパンツと、時代によって装いはさまざまだ）、髪型（ロン毛、ボサボサ髪、スキンヘッド、緑色に染める、など）、さらには禁止されてるもの（タバコ、酒、ドラッグ）に手を出す子まで出てくる。ついには、想定しうる最悪の事態（留年、または退学）に発展することも……。これだけ期待を裏切られてたら、両親だって少しくらい学んでもよさそうなものだ。ところが、そうはならないんだな、これが。

親はその後もひたすら我が子に期待しては裏切られ続ける。なかでも、多くの親が期待するのが、この二つ。

1. 仕事
2. 結婚相手

親たちに言わせれば、我が子は仕事でも結婚でも「もっと上を目指せたはず」。なぜなら、ウチの娘や息子は（親目線では）「世間に認められてないだけで天才」だし「ルックスも抜群にいい」から。ただし結婚相手については、多くの親はズルいことに最初はじっと黙ってて、後になってから「やっぱりね、あなたには釣り合わない相手だって思ってたのよ」なんて言いだすんだけど。

一方、仕事については最初っから遠慮なしだ。うちの母親は理由はさておき、娘は絶対に法律関連の仕事に就くべきって固く信じていた。わたしはそれに従って、法学部に入った。理由は自分でも将来何をしたいのかわからなかったのと、あと法学部に行くなら学費は全額出すって言われたのが大きい。ただ、ひとつはっきり言えるのは——大学初日の新入生ガイダンスを受けてる間に、すでに「あ、これ間違ったな」って気づいたってこと。ガイダンスでは、実務研修がどうとか司法試験予備校がうんぬんとかの話が延々と続いている。九〇分聞き続けた結果、なんとか理解できたのは「話題にのぼってる単語のいくつかは、自分にもかろうじて理解できたかも」ってこと。——要するに、シンプルに言って地獄だった。もう今さら他に道がないだけに、なおさら。それから数か月間は、両親にいつかは言わなきゃって思いながら過ごす日々だった。そう、こんなふうに。「ただいま！　あ、そうだ、わたし大学はやめることにしたから。今まで支えてくれてありがとうね。これからは、ひとまずバーでアルバイトしながら、やりたいことを見つけるつもり」——え？　そんなこと言って親にがっかりされなかったかって？　そりゃ、されましたよ。でも、それってごく普通のことじゃない？　子供はいつだって親の期待を裏切ってがっかりさせるもの。そうじゃない子供は、ただのロボットかクローンだ。

それに、両親にこう告げたとき、わたしはすごくほっとしたのだ。「やっと言えた」っていう安堵感だけじゃない。自分が「こうしたい」って思ったとおりに、心のままに行動できた——そう思えたとき、人はすごく幸せになれるし、解き放たれた気分になるから。法学部も親の期待も、スルーでいいんだ。

（そんなの難しいっていう人は、現実をよーく見てみるのがおすすめだ。いろいろ知ったふうなこと言ってる両親だって、別に裁判官でも宇宙飛行士でも首相でもないし、そもそもお金持ちですらないんだから。——あ、ご両親が実際に裁判官、宇宙飛行士、首相、またはお金持ちの人は、その限りじゃないけど）

3

RESULT

- 自分が「いい嫁」のフリをやめれば、相手も「よくできた義母」のフリをやめる

- うざい親族には「それなりの対応」をしておけばよし

- 親の期待に応えられなくたって実際、大したことない

第4章

仕事

IM BERUF

スルーしてみた23

ブレインストーミング

仕事があまりにもくだらなくて「大人がやっちゃいけない」衝動的な行動を……

マルタ伯母さんやネトウヨの伯父さんや親の期待をスルーできるようになったら、職場の同僚や上司だってもう大丈夫って思ったあなた。残念ながら、それは甘い。職場っていうのは、また別の意味でやっかいな人やシチュエーションの宝庫だ。なので、それはそれで特殊なスルースキルが必要になる。

前にも書いたとおり、わたしの勤め先はクールぶった広告代理店なんだけど……この職場でスルーしたいもののひとつが「ブレインストーミング」だ。皆さん、やったことあるだろうか？　ブレインストーミング、つまり直訳すると「脳に嵐を起こすこと」。何らかのテーマ（たとえば、魚の目パッドの広告コンセプトとか）について集団でアイデアを出し合うことで、クリエイティブな思考を促す手法だ。けど実際、それで生み出されるアイデアときたら、嵐どころかオナラがほとんど。凪は凪でもショボすぎる。

ブレインストーミングでは、クリエイティブな発想を促すための手法がいろいろある。うちの会社でよく使われてるのが「六色ハット法」ってやつ。医師で心理学者のエドワード・デボノという人が考案したメソッドらしい（絶対、酔っぱらったときに思いついたでしょ）。参加者は六色の帽子のどれか一つをかぶるんだけど、その色に応じて、各人が六つの異なる「視点」からテーマについて考える。たとえば白い帽子をかぶった人は、データに基づく分析的な視点から。赤だったら感情的で直感ベース。黄色なら楽観的で、黒なら懐疑的に。緑の人はクリエイティブに考え、青の人は全体を見て司会進行を担当、とこんな感じ。で、途中で帽子を交換して、役割を変えてさらに議論を深めるわけ。こうやって、あえて自分とは違う視点でものを考えることで、思考の壁から自由になれるってことらしい。

どうだろう、だいたいわかった？　そしたら想像してみてほしい。オフィスの会議室で、デスクを囲んで座ってる六人のいい歳した大人たち――おしゃれヒゲにスーツ姿の男性たちや、きらびやかなネイルをした女性たちが、みんなしてカラフルな帽子を頭に載っけて、魚の目パッドについて上手いこと言おうとしてる図を。もし自分がその場にいたら、ふと冷静になった瞬間に「何だこれ」ってドン引きするであろうシチュエーションだ。

そして今、わたしも参加してるブレインストーミングで、まさに最初のオナラがガラス張りのおしゃれな会議室を吹き抜けていった。「CMのフレーズですけど、こんなのはどうでしょう？　『魚の目パッド――あなたには、その価値があるから。』」……控えめに言って、もうたくさんだった。

「あれ、ブレインストーミング、もう終わったの？」オフィスに戻ってきて自席の椅子にドサリと崩れ落ちたわたしに、同僚のドレーゼルが尋ねた。

「ううん、終わってない」わたしは首を振った。その拍子に色つき帽子が頭からずり落ちる。ドレーゼルはぽかんとした顔でこっちを見つめた。「え、ウソでしょ……もしかして、バックレたわけ？」

まあ、言うなれば、そうなるかな。

人はときに衝動のままに動いてしまった後で、それが本当に正しい選択だったのかって悩むものだ。「帽子もろともブレインストーミングの場から逃げ出す」っていうわたしの行動も、まさにそれだった。逃げ出しちゃった理由は、別に製品そのものじゃない。アホらしい帽子のあるなしも、実のところどうでもよかった。ブレインストーミングっていう場そのものが、どうもダメなのだ。なぜなら、これまでいろんな種類のミーティングにお尻が痛くなるほど参加してきたけれど、わたしの存在が何らかの形で役に立ったことなんて、ただの一度もなかったから。

原因は、ほぼほぼ自分にある。わたしはミーティングの場に出ると、他人の様子が気になってしかたなくなっちゃうのだ。「あれ、ラリッサ、髪型変えた？」とか（実際、たしかに変わってた）、「デトレフのTシャツ、なんて書いてあるんだろう？」とか（よく見たら「広告命」だった）、「アンドレアスのシャツに何かついてるけど汗ジミかな……」とか。それで気が散って、議題に集中できなくなっちゃう。テレビ会議では相手の背景に目が行ってしまうし、誰かがクセのあるしぐさをしてたり、上唇にほくろがあったり、話しながら体が動いてたり、文の間にいちいち「オッケー」って挟んだりしてると、もうダメ。こうなるとミーティング後に話の内容を覚えてられただけで万々歳って感じになる。手元のメモ帳には、ヘンテコな幾何学模様や、わたし的にけっこう得意な寝てる猫のイラストばっかり（このメモのせいで、息子はわたしの仕事について、あれこれ壮大な想像をめぐらしている）。

要するに、わたしはミーティングやチームワーク向きの人間じゃないってこと。孤独にパソコンに向かって、できればドアも閉めきって一人作業にいそしむのが性に合ってる。そんなわたしにとって、一緒にいても気にならない唯一の同僚がドレーゼルだ。彼女とは長年向かい合って仕事をしてきたから、もうそのクセも挙動も手持ちのワードローブもすっかり把握してる。なんていうか、オフィスの一部みたいな感覚だ。世の人々がデスクにサボテンとかを飾ってるのと同じ。わたしにとって、ドレーゼルはオフィスの観葉植物だった。しかも（気づけばいつの間にか）すごくお気に入りの。

ブレインストーミングから逃げ帰ってきたわたしに現実を突きつけたのも、そのドレーゼルだった。こっちが内心恐れてたことを、彼女はズバッと指摘してきた。「デトレフ、すごい怒ってるんじゃない？」――そう、「広告命」のTシャツを着た彼は、わたしたちチームの上司だった。

「は？　どういうことですか？」上司からの意外すぎるリアクション

「デトレフ？」

少しだけ開いたドアから、わたしはそっとブース内の様子をうかがった。デスクの向こうに座ってる上司は、大きなＰＣモニターを難しい顔でにらんでいる。これは機嫌が悪いぞ。もしかしてわたし、相当怒らせた……？

「あの、今日のブレインストーミングのことでお話が……」わたしはそう切り出しつつ、頭の中で「あのアホらしい帽子」とか「耐えられません」とかのオブラートに包んだ言い方を探した。

「ああ、何だったんだね、あれは？」上司は顔を上げ、思ったほど冷たくない声でそう言った。

「ええと、つまりその……わたし、できればブレインストーミングには出たくないんです。一人で仕事するほうが効率的だし、そのほうが結果も――」

「ああ、いいだろう」上司はあっさりそう言って、またPCモニターに目を落とした。「信じられるか？　バイエルン・ミュンヘンが三対〇で負けるなんて」

「……は？　それだけ？」ドレーゼルはぽかんとしてる。

オフィスに戻ったわたしは、向かいに座る彼女にうなずいてみせた。「そう、それだけ。あと『大事なのはプロセスじゃなく結果だからな』だって」。うーん、すごい正論。あの上司がそんなまっとうなことを言うなんて……ってちょっと驚いちゃうのはなぜだろう。

それはさておき、たしかに上司にとって大事なのは結果だ。間違いない。そして、わたしがブレインストーミングに出席したところで、生産性はオフィス内のおしゃれオブジェと同レベルだから何の役にも立たないだろうってことも、同じく間違いなかった。

なのに、なんでもっと早く「ブレインストーミングには出たくないです」って言わなかったんだろう。そしたら、あんなヘンテコな帽子かぶらずにすんだし、何時間も――いいや、何週間も何か月分もムダな時間を過ごすこともなかったのに！

それまでのわたしは、なんとなく不安で上司にそのことを言い出せずにいた。でも、よく考えてみたら……別に不安がる必要なんてなくない？　だって、最悪のパターンになったとしても、「きみの希望なんぞ関係ない、ブレインストーミングには出るように」って言われるだけで、それ以上悪いことなんて起こりようがない。なのに、いったい何を不安がってたんだろう。

その日の夜、Lにこの話をしたら彼は目を真ん丸にしてこう言った。「バイエルン・ミュンヘンが三対〇で負けた？　ウソだろ？」

この人、ときどき本気でシメてやりたくなる。

というわけで、ブレインストーミングと六色ハットは無事スルーできたわけだけど……今回のコレは後先考えずにバックレたことがきっかけで、わたし自身が自発的に「ミーティングには出ない」と決めて行動したわけじゃない。

それでも、気分はめちゃくちゃ爽快だった。

翌日のわたしは「ウィー・アー・ザ・チャーンピオーン」って熱唱したいくらい上機嫌でオフィスに足を踏み入れた。なんだか、いつもより一〇センチくらい背が高くなった感じ。今のわたしなら何だってできる、まさに無敵、誰にもジャマはさせない――そこに歩み寄ってきたのが、同僚のメヒティルトだった。

くだらない仕事から
バックれてみる

スルーしてみた 24

職場のプレゼント文化

「おめでたいことは祝ってあげたい！だけど、わたしは金輪際パスでお願いします！」

彼女みたいな人、たぶんどの職場にもいると思う。メヒティルトは小柄で、何につけても熱心な女性社員だ。子供の頃はきっと教室の一番前の席に座って、超まじめに授業を受けてたんだろうなっていうタイプ。けっして悪い人じゃないし、感じのいい女性なんだけど……なんていうか、わたしとはあまりにもタイプが違いすぎる。なにしろこっちは教室の一番後ろが定位置だった人種なので……。

さて、メヒティルトは黒板を書き写すのと同じくらいの熱心さで、職場のお祝いごとを取り仕切っていた。同僚全員の誕生日をＥｘｃｅｌシートに入力して、適宜それをアップデート。誰かの誕生日の一週間前になったら、さっそく活動開始だ。まずは、わざわざそれ用に用意したブタの貯金箱を手にオフィスじゅう巡って、全員から集金。こそこそ隠れてる社員がいないか、トイレまで覗いてみる念の入れようだ。

さらに数日後、今度は特大のメッセージカードを携えてオフィスをもう一周。このカードには、同僚全員が何かしら「おもしろいこと」を書かなきゃいけない。といっても、すでにカードの表には「おもしろい」ひと言メッセージが印刷されてるんだけど。たとえば、こんな感じ。

「四〇歳？　いいえ、キャリア二二年の一八歳です！」

……ね、笑えるでしょ。このカードは誕生日を迎えた人のデスクに立てかけられる。そこに一緒に添えられるのが、プレゼントだ。このプレゼントもメヒティルトが用意するんだけど、これがまた、どこで買ってきたのかってくらいダサい。誕生日ケーキ型の風船とか、ユニコーンの形をしたファンシーなスリッパとか、セロハンテープをセットできるピストル型のテープカッターとか（これ、どれも実際にあったプレゼントだ）。

さらに、メヒティルトが張り切るのは誕生日だけじゃない。〇〇さんのお子さんの入学祝いに、ビルの守衛さんの退職記念、××さんの送別会。「スキー場でケガをしちゃった△△さんにお見舞いの品を贈りましょう」ってこともあった。そいつ、ジャンプ台で宙返りしようとして失敗しただけなのに。歓迎会、送迎会、お見舞い、クリスマス……ありとあらゆる機会に、ガラクタなみのプレゼントが社内を飛び交っていた。

ちなみに、わたしはしょっちゅう自分が事故にあって死ぬ夢を見るんだけど……この夢の何がゾッとするって、死ぬことより何より、お葬式の花をメヒティルトに発注されるところが最大の恐怖ポイントだ。

といっても、同僚の誕生日をお祝いすること自体は、わたしは別に嫌いじゃない。ドレーゼルは三月五日が誕生日なので、手作りのチョコがけナッツケーキをプレゼントしたら、すごく喜んでくれたし。

じゃあ、好き嫌いの違いはどこにあるのか？　それは、わたしの場合（ドレーゼル↓ナッツケーキ）は双方（ドレーゼルと、わたし）が幸せになれるけど、メヒティルトの場合（同僚↓ユニコーンのスリッパ）は彼女以外の誰も幸せにならないってこと。

こういうもろもろの事情を検討した結果（それと、純粋にユニコーンのスリッパへの嫌悪感から）、わたしは決意した。職場でのプレゼント集金は金輪際スルーしよう、と。

わたし的にはどうも気が進まないし、あんまりいい案だとも思えないし、できればやりたくないし——ってことで、やめます、以上。

ただし、そこで問題になるのがメヒティルトだ。もし「わたしは抜けるね」って伝えたら、彼女どう思うだろう？　気を悪くしない？　それに、例のダダ滑りのメッセージカードにわたしの名前がなかったら、みんなになんて思われるか……。

あれこれ悩んだものの、結局どう考えても、たどり着く結論は一つだった。**そんなの全部、スルーでいい。**だって、ろくに知り合いでもない会計チームの○○さんにどう思われようが、別にどうでもよくない？

……と、ここまで回想するのにかかった時間が、ものの二分。その間にわたしのデスクまでやってきたメヒティルトは、例によって「今度○○さんが〜〜運転免許の試験に受かって〜〜だからカードとプレゼントを〜〜」とかなんとか言いながらブタの貯金箱を差し出してきた。

ああ、こんなにも心から望んでて、しかもそれが正しいことだって確信もしてるのに、口に出して言うのは、こうも気が引けるものか。

「あのねメヒティルト、わたしは今度からプレゼントとカードは不参加で。その、なんていうか――」ここまで言いかけてから、もっとマシな切り出し方があっただろって後悔したけど、もう遅い。

「えっと、そういう主義だから」

わたしはにっこり笑顔で言いきった。思わず自分でも「主義って、あんた……」って脳内でツッコミを入れる。

ところが、これが意外と効いた。メヒティルトは一瞬まごついた様子だったけど、すぐに気を取り直してうなずいた。「あ、そうなんだ、そういうことなら全然……ええ、じゃあまた」ってもごもご言って、そそくさと次の人を探しにいっちゃった。まるで、わたしが宗教上の理由でプレゼントとカードは禁止なの、って言ったみたいに。

「それか、頭おかしいなコイツって思われたんじゃないの？」わたしの話を聞いたドレーゼルは、そう言った。でも幸い、わたし的には「それがどうした」って感じ。そんなの全然、スルーでいい。

この会話があったしばらく後。またも貯金箱を抱えて集金ツアーをしていたメヒティルトと、わたしはキッチンでばったり顔を合わせた。コーヒーマシンの前には他部署の人たちも二人ほど立っていたんだけど、メヒティルトは彼らからしっかり集金して、わたしには軽く挨拶だけして去っていった。それを見た二人の視線といったら！　横目でチラチラこちらをうかがうその表情には、憤りも、不満も、それどころか驚きさえなかった。そこにあったのは、混じりっけなしの「羨ましさ」だった。

ブレインストーミングに、職場のプレゼントと、わたしがスルーによって手放せたものははかり知れない。でも、どうでもいいものをスルーする一番のプラス面は、なんといっても、その後の爽快感だ。まるで王様にでもなった気分。

もちろん、運転免許試験の合格祝いとか送別会のプレゼントとかの集金を断った直後には、ちょっぴり罪悪感もあるだろう。だけど、あなたが今さら「悪かったな」って思っても、別に誰も得しない。だから、そんな気持ちはばっさりスルーして心の中で高らかに歌えばいい。「ウィー・アー・ザ・チャーンピオーン」って。

スルーしてみた25

「自分のせいかも」

超不機嫌なクライアントの前で絶体絶命のプレゼンをした結果……

例の魚の目パッドのクライアントから、わたしはスルーについてもう一つ大事なことを学んだ。広告を依頼してくるクライアントは、たいてい一週間後にもう一度うちの会社にやってくる。製品CMのコンセプトについて、広告代理店の社員たちが思いついた秀逸なアイデアの数々をプレゼンしてもらうためだ。

今回の魚の目パッドのクライアントも、我が社で一番おしゃれな会議室に通され、コーヒーやチョコレートやフルーツ盛り合わせでおもてなしされて今のところ上機嫌だ。

さて、今回のプレゼンに向けて社内で最終候補に残ったアイデアは二つ。そのうち一つはわたしが提案したもので、（最悪なことに）わたし自身がプレゼンすることになっていた。こういうところではりきって目立つのが得意な人もいると思うけど――意外や意外、わたしは違うんだな。むしろ、プレゼンは超苦手。声もちっちゃいし、いっつもメモばっかり見てうつむきっぱなしになる。まだ一人目のプレゼン中なのに、もうすでに緊張で手汗がすごいし。

わたしは横目でそっとクライアントの様子をうかがった。なかなか感じが良さそうな人だ。口もとに親しげな笑みを浮かべながら、ときどき軽くうなずいてプレゼンに聞き入っている。感触は上々。雰囲気も和やかで、すべてが順調だった。そうこうするうちに、わたしの番がきた。

大きなボード（ビンテージ調の、これまたおしゃれなやつ）の前に歩み出てプレゼンを始めたその瞬間、わたしの目にある光景が飛び込んできた。なんと、クライアントが顔をしかめたのだ。いかにも不機嫌そうに眉をぎゅっと寄せて、口角もみるみるうちに下がっていく。おまけに、胸の前で腕を組みだした。

この身体言語が何を意味するか――これはもう、ＦＢＩで訓練を積んだ凄腕マインドリーダーじゃなくても一発でわかる。明らかに、見まごうことなき「否定」のサインだ。クソ、なんでよ。わたしは自分のアイデアには自信がある。なのにクライアントが非言語コミュニケーションで伝えてきたのは、どう見てもこんなメッセージだった。「こんなアホらしいアイデアを聞かされたのは、生まれてはじめてだ！」

わたしは超早口でそそくさとプレゼンを終えた。お互いの苦しみをムダに長引かせる必要はないって思ったのだ。参加者が次々と席を立って伸びをしたりするなか、プレゼン資料とPCをかき集めていたら、クライアントがパンと一つ手を打って「いやあ、みなさん、本日はありがとうございました」って話しだした。わたしは心の中で勝手に続きを想像する。「それにしても、二人目の黒髪のチビはひどいもんでしたな」とか……？　ところが、続きはこうだった。「弊社としては、二つ目のアイデアでいこうと思います」。そうして、彼はわたしと上司のデトレフを食事に誘ったのだ。——いや、ちょっと待って。は？　何、今何が起こった？　その疑問は、後になって判明した。

食後にブランデーとティラミスをいただいてる間に、クライアントはこう説明してくれた。実は、自分はひどい巻き爪でしてね、って。巻き爪って、ばかにしがちだけど実はめちゃくちゃ痛いらしい。今日のプレゼンでも、はじめのうちは何ともなかったのに、靴がきつかったせいか途中から急激に痛みだした。つまり……彼が非言語コミュニケーションで発してたメッセージは「こんなアホらしいアイデアを聞かされたのは、生まれてはじめてだ！」じゃなくて、「クソ、またか！　なんてやっかいな巻き爪だ！」だったってわけ。……全然違うじゃん！　それ以来、話し相手のリアクションや行動に「あれ、わたし何かした？」って不安になったときは、このクライアントのことを思い出すようにしている。

たとえば、上司のデトレフや、バスの運転手や、パン屋の店員さんに不機嫌そうに対応されたって、**それはたぶん、こっちのせいじゃない。**向こうがたまたまツイてない一日を過ごしただけかもしれないし、巻き爪が痛かったのかもしれない。それか、バイエルン・ミュンヘンが三対〇で負けたのかも。いずれにしても——他人のふくれっ面を見て「自分のせいかも」ってあれこれ先回りして思い悩むのは、わたしはもうやめた。他人のふくれっ面なんて、スルーでいい。そう思えたのも、ひとえに巻き爪のおかげだ。

それにしても、こうしてみると職場って本当に要スルー物件の巣窟だ。ほかにもいくつか例を紹介しよう。

スルーしてみた26

頼まれごと

仕事を押しつけてくる厚かましい同僚はマジでもうたくさん！

仕事をするうえで、「ちょっとした頼まれごと」の占める割合はめちゃくちゃ大きい。たとえばシフトや休暇日の交換を頼まれたとき。パソコンの調子が悪いからちょっとだけ見てくれない？　って言われたとき。そういうとき必ず「ええ、もちろん」って答えちゃう人が、世の中にはいる。本心では「絶対いや！　そんなことするくらいなら、この右腕を差し出したほうがマシ」って思っていても。

わたしも、そのタイプだ。もしこの世に善行ポイントみたいなものが存在するなら、貯まりすぎて使い道に困っちゃうくらい、同僚からの頼まれごとを引き受けまくってきた。なんでかって？　そんなの自分でもわからない。よく聞く説によれば、わたしみたいな「イエスマン」は、頼みを断ったら相手に嫌われるんじゃないかって不安になるらしい。人はとかく他人から好かれたいものだから。――たしかに、一理ある。そういえば、わたしも「この人なら絶対自分を嫌いにならない」って思える相手には、比較的ノーを言いやすいし（Lなんかは、よーく知ってると思うけど）。もちろん、断ったって相手に嫌われたりしないって、頭ではわかってる。他人に好かれるために自分を犠牲にする必要なんてないことも、きちんと線引きできる人のほうが結局は尊敬されることも。ところが実際にそういう状況になると、もうだめ。頭ではわかっていても何の役にも立たない。ものすごく気まずくなって、とにかくこの場をやり過ごしたい一心でつい反射的に「ええ、もちろん」って答えちゃう。それで、後になって「またやっちゃった……」って死ぬほど後悔するんだ。

わたしがこれまでに貯め込んだ善行ポイントの主な供給元は、マルクスだった。マルクスの頼みごとは、だいたいこんなセリフから始まる。

・ちょっとお願いがあるんだけどさ、

・いやあ、困ったな。実は……

・今、ちょっとだけ時間ある？
・それと、これはまた別問題なんだけど……、

そうして気づけばいつも、わたしは全然自分のものじゃない問題を押しつけられているのだった。正確には、ちょっと前まで全然自分のものじゃなかったけれど、いまやすっかり自分のものと化しちゃった問題を。これって、「こっちに実害がある、ムカつく行動」っていうスルー基準を満たしてるだろうか？　――もちろん！　ってことで、わたしは決めた。たった今から、マルクスの頼みごとは断固スルーする。といっても、別に金輪際手を貸さないってわけじゃない。ただ、「毎回必ず」引き受けるのはやめにしようってこと。

「でも、なんて言って断ればいいんだろう」ヤーナといつものカフェでマティーニを飲みながら、わたしは相談してみた。

「そうねえ、『お断りだ』とか？」とヤーナ。わたしは彼女の目をじっと見つめて、こう言ってあげた。「ごめんだけど、全然参考にならないわ」

ところで専門家によれば、わたしみたいな気弱なタイプはその場で答えを出さずに、落

ち着いて考える時間を確保したほうがいいらしい。たとえば、こんなふうに。

「ちょっとお願いなんだけどさ、この企画書、ざっとでいいから見てくれない？」

「うーん、ちょっと考えさせて。一〇分くらい」

これ、なかなか良さげじゃない？　ただし唯一の問題は、一〇分後にはどのみち断らなきゃいけないから、結局苦しみは変わらないってこと。

もうひとつ推奨されているのが、「断る前に相手を持ち上げておく」っていう作戦だ。たとえば……

「ちょっとお願いなんだけどさ、この企画書、ざっとでいいから見てくれない？」

「うーん、あなたの企画書なら勉強になるし喜んで見てあげたいんだけど……今はちょっとムリ」

うん、これならわりとイイ感じだ。少なくとも「お断りだ」よりは全然マシ。


というわけで、翌日。わたしはちょっぴり緊張ぎみに仕事に入った。例の作戦を実行に移すチャンスを今か今かと待ちながら。そのチャンスをもたらしてくれたのは、やっぱりマルクスだった。わたしが自分の仕事を終えて帰宅しようとPCを閉じた、まさにそのとき。終業時間ぴったりに、マルクスはわたしのデスクに歩み寄ってきた。

「やあ、今終わったとこ?」

「ええ」ほら、来るぞ、来るぞ……! 若干のワクワク感さえ覚えつつ、心の中でそう唱える。

「ちょっとお願いがあるんだけどさ、この企画書、ざっとでいいからチェックしてくれない? なんかイマイチ、ピンとこなくて」

よーし、来た! さあ、今だ。

「マルクス、あなたの企画書なら勉強になるし喜んで見てあげたいんだけど……今はちょっとムリ」

トドメとばかりに、とびっきりの笑顔でそう言ってやった。心なしか「お願い、許して」みたいな情けない響きが混じった気がしないでもないけど……それに、なぜだろう。きっぱり言えたはずなのに、いつものあの解放感も、スカッとする爽快な気持ちも全然わいてこない。どうして? その答えは、すぐに判明した。わたしの渾身の「ノー」を、マルクスは受け入れていないのだ。そのことに、わたしの無意識はいち早く気づいていて、だからあのハッピー感もわいてこなかったんだろう。マルクスは、あいかわらず立ち去ろうとしない。こっちの態度から「まだ交渉の余地があるぞ」ってシグナルを嗅ぎ取ってるみたいに。

「そんなこと言わずに、頼むよ。今日じゅうに提出しなきゃいけないんだ。そんなに時間は取らせないからさ、ね！」マルクスは首を傾げてニコっと笑った。

こいつ、なかなか手ごわい。しかも、提出期限っていう自分の問題をシレっとわたしに押しつけてくるとか、どれだけ厚かましいのか。そういうのは、マジでもうたくさんだった。それに、わたしは知っている。マルクスはいつだってやるべき仕事を後回しにして、ぎりぎりになってから周囲の人に泣きつくんだ。だいたい「そんなに時間は取らせない」とか絶対ウソ。一度引き受けたらフツーに一時間か二時間はかかるんだから。結局こいつは、わたしのことをナメてるんだ――そう思ったら、ほんの少しだけ怒りがわいてきた。それは、カトリンと絶交したあの日の感覚に似ていた。あのとき、わたしは怒りにまかせて勢いで自分の気持ちを吹っ切った。あれを今こそ、もう一度やるべき。怒りパワーの解放じゃないけど、そんな感じで。試しに、心の中でこう言ってみた。「こっちはもう八時間働いてるのに、さらによけいな仕事を押しつけようとか……どういう神経だこいつ」って。そうしたら、縮こまっていた背筋が自然にすっと伸びた。怒りには、共感よりも広い体内スペースが必要なんだ。それに何、あの首傾げた笑い方は。チャーミングな笑顔の一つも見せれば、こっちが折れるとでも思ってるわけ？　わたしを何だと思ってるのか――まあ、実際たしかに幾度となく折れてきたけど！

わたしはマルクスとぴったり同じ角度に首を傾けて、彼の目をひたと見据えた。チャーミングな笑顔がいくぶん凍りつく。「いいえ、お断りよ」そう言い放ったとたん、例のあの感覚が来た。体の奥底からわきあがる、ハッピーな高揚感が。それはぶわっと膨らんでわたしを満たし、淀んだ怒りを吹き飛ばしてくれた。すっかり幸せ気分に浸りながら、わたしはカバンを小脇に抱えて席を立った。そして、ぽかんとしてるマルクスの肩をポンと叩いて、オフィスを後にした。

ところで、マルクスとはその後も別に気まずくはならなかった。嫌われたり、冷たいやつだって目で見られたり、悪口を言いふらされることもない。むしろ、わたしの言うことを前よりまじめに聞いてくれるようになった気さえする。一方わたしも、マルクスが何かトラブったときは、できる範囲で、そして何より自分がそうしたいと思ったときだけ、手を貸すようにした。そうしているうちに、ちょっぴり成長できた気がする。おかげで、この前インターンのレナから「実習報告書を書いてもらえませんか?」って頼まれたときは、一瞬たりとも迷わずこう答えることができた。「悪いけど――そんなことするくらいなら、この右腕を差し出したほうがマシ」。レナもそれを聞いて吹き出しちゃって、結局二人で大笑い。その話はそれでおしまいになった。

スルーしてみた 27

アフターファイブの付き合い

「ダレ得？」の飲み会が無くならなかった最悪の理由

今日も勤務時間中に上司や同僚に殴りかからずにすんでよかった、って思うような職場環境にいる人にとって、「アフターファイブ」はマジで信じがたい愚行だ。いったい誰が、こんな頭イカれた行為を最初に思いついたんだろう。八時間から一〇時間くらいぶっ通しで働いた後に、オフィスを見回して「なあ、俺はみんなの顔をあともう数時間見ていたいんだ。というわけで、飲みに行こうぜ！」とか言い出すやつが、この世に本当に存在するんだろうか？　そんな発想に至るなんて、現実的に考えて不可能じゃない？　ああ、なんの因果で「アフターファイブ」って言葉は、「五時の終業後」っていう文字どおりの意味合いを失ってしまったんだろう。ちなみに、わたしが本来の意味でのアフターファイブにやりたいことは……まず帰宅でしょ。それから料理に、晩酌に、公園の散歩。アイスも食べたいし、息子とも遊びたい。仕事の後にやりたいことなら、本当に山ほどある。なかには、トラクターを運転したいとか、風洞に寝転がってみたいとか、コイを触ってみたいとか、そういうちょっとヘンテコな野望もあるけれど……少なくとも、そこに「はしゃいだメヒティルトや酔っ払ったマルクスたちと会社の近くの居酒屋で一杯やる」なんて項目が並ぶことは、未来永劫、けっして、断じて、絶対にない。なんでそこまで断言できるのかっていうと――すでに経験ずみだからだ。

わたしが今の広告代理店に入社したての頃、世の中ではアフターファイブの「飲みニケーション」が大流行していた。若者のクラブ通いと似たようなものだけど、違いは時間帯が深夜一一時じゃなく夕方六時半からってこと。あと、食べられるのは軽めのおつまみだけ。そもそも、この手の催しはコンサルティングとか広告とかメディアとかのクールぶった業界に属してて、なおかつ次のような条件の人たちを対象に考案されたものだ。

1. 家に夕ご飯を用意して帰りを待ってくれてる家族がいない
2. 翌日もまたクールぶった仕事があるので、夜遊びはほどほどにしたい

そこで多くの社長さんがひらめいたのが、こんな画期的なアイディアだった。「そうだ、終業後に社員を飲み屋にでも行かせて、深酒しない程度に軽く飲み食いさせたら効率的じゃないか?」。つまり社員みんながビールとサーモン・サンドイッチとかを片手に語り合うことで、部署の垣根を超えたコミュニケーションが生まれ、会社の抱える問題や課題を多面的に話し合えるんじゃないかってわけ。それに何より、これなら貴重な勤務時間をムダに割かなくてすむし!

わたしたちの上司のデトレフも、そういう飲み会をさかんに推し進めていた。その主な目的は、チーム内の結束を高めること。ところが、起こったのはまったく逆のことだった。誘われずに拗ねる人もいれば、家族と過ごしたいのにムリして参加する人もいる。飲み会とか大嫌いなので最初からノリの悪いタイプ(わたしだ)もいれば、店が気に入らないって不機嫌になる人も。そこに、さらにメヒティルトまでいるんだから最悪だ。そもそも、

この手の飲み会は基本つまらない。みんなどことなく手持ちぶさたで、間を持たせるためにしかたなくポツポツと軽食をつまんでる、みたいな感じになりがちだ。そんなわけで、我が社の飲みニケーションなんて、ひっそり廃れてもよさそうなものだったんだけど……あるとき思いがけないことが起こった。

皮肉なことに、デトレフは本人がまったく意図しない形で会社の結束を高めちゃったのだ。彼はチームに新しいマネージャーを雇った。このマネージャーの性格がそれはもう最悪だったため、社内の全従業員が「新マネージャー憎し」で一致団結したのだ。中国の古いことわざにもあるとおり。

「村の幸福は、みんなで憎める一人の存在によって保たれる」

仕事の後は、家でさっさとブラジャーを外して ゆっくり過ごしていたいでしょ？

それ以来、一部の社員は仕事後に近くのジン・バーに集まって、新マネージャーの悪口に花を咲かせてガス抜きするのが常となった。わたしも大喜びで参加して、みんなと一緒になって力の限り悪口を言い合った。当時新入りだったこともあって、そうすることで会社になじめた気になって。でも、溜まったうっぷんもしだいに抜けていった。問題のマネージャーがだいぶ態度をあらためたっていうのもある。それに何より、あるときふと気づいたのだ。仕事中だけじゃなく仕事後まで上司のことで怒ってるなんて、ばかばかしくない？　って。しかも、その時間は無給なわけでしょ？　この目の覚めるようなひらめきは、いつものアフターファイブ飲み会の最中に訪れた。それでふと冷静になって周りを見回したら、気づいたのだ。ここに集まってる人たち、悪口くらいでしか気が合わなそう、って。例外はメヒティルトとマルクスだった。二杯目のジンを飲み干す頃には、二人の距離はちょっぴり縮まっていた。後のことは知らない。その時点でわたしは帰ったので。

この金曜夜のジン・バーの集いは、熱心な一部社員の間では今でもまだ続いてて、もはや定例会と化している。別にいいんじゃない、メヒティルトとマルクスのM&Mコンビも最近仲が良さそうでけっこうなことだし——ただ、わたしは行かないけど。仕事後まで仕事の話はしたくないし、同僚とグチを言い合うのもいや。さっさと家に帰って、ブラを外して、大好きな家族と一緒に過ごしたい。

……って（ブラのくだりは抜かして）一言一句そのまま伝えよう、とわたしはついに思い立った。というのも、毎週金曜日がやってくるたびに飲み会を断る言い訳をでっちあげてたから。これだけ毎回断われば、いつか誘われなくなるって期待していたんだけど……期待はずれもいいとこだ。

「今日は金曜日よ！　ってことは、わかるわよね？」会計チームのサンドラが満面の笑みで声をかけてきた。「つまり、明日は土曜日ってこと？」わたしは下手なウインクで逃げようとしたけど、ムダだった。「もう！　今日はジン・バーの日。もちろん来るでしょ？」

わたしは大きくひとつ深呼吸して、シンプルに伝えた。

わたしは行かない、今日だけじゃなくて来週からもずっと。アフターファイブには家に帰りたいし、ジンもそんなに好きじゃないから、って。だいぶぎこちない口調だったけれど。

少し後に別の人（今度はＩＴチームのデニス）に誘われたときは、もうちょっとスムーズに言葉が出てきた。そうして一日が終わる頃には、「もう、行かないってば。馬一〇頭に引っぱられたって行きませんから！」ってスラスラ返せるレベルに成長していたのだった。

人生、こんなにも楽になれるんだ。

スルーしてみた 28

自己犠牲の精神

誰しもダメダメな上司に当たる確率はある

わたしたちはサンタクロースを信じる子供みたいに、「一生懸命働けば上司はきっと見ていてくれて、しかるべきときに正当に評価してくれるはず」って信じてる。世に広く流布してる迷信だ。そのうえ上司のなかには、この迷信を意図的に利用するあくどい人間もいたりする。その昔、わたしはある会社に「フリー契約」で勤めていたんだけど、これは簡単に言えば「従業員と同じ仕事をさせるけど、給料は低めで有給休暇はなし、保険や年金は自分で払え」ってこと。一方、ヤーナは同じ時期にこの会社で一年間のインターンをしていた。完全無給のフルタイムで。わたしたちの社長は、この手の雇用システムをすごく熱心に活用する人だった。そのうえ、社長の下で働けることにスタッフ全員が感謝し喜びを感じるように、うまいこと仕向けてもいた。それどころか、サービス残業はあたりまえ。ごくたまに残業できない日があると、罪悪感を覚えちゃうような雰囲気ができあがっていた。まったく、人を操るのがうまいヤツだった。わたしたちスタッフも「なんかおかしくない？」って薄々気づいてはいたけれど、自給数百円レベルの薄給を蹴って会社と縁を切れたのは、結局そこからさらに一年半が過ぎてからだった。こんなふうに、けっして公明正大じゃなく親切でもないダメな上司にあたる可能性は、誰にだってある。

かと思えば、わたしの今の上司のデトレフみたいに、魅力的な人柄ではあるんだけど超忘れっぽい上司もいる。この間なんて「きみにもそろそろ、プレゼン準備のサポートに入ってもらおうかな」とか言い出した。わたしが「プレゼンなら、もう一〇本ほど自力でやってますけど」って反論したら、「あれ、そうだっけ？」だって。この調子じゃ、今後プレゼンを一〇〇本やり遂げたって上司には気づいてもらえなそう。というわけで、どんなに仕事をがんばってポイントを稼いでも、それが報われる日は来ないかもしれない。だったら、**自分を犠牲にしてまでポイント稼ぎするなんて、ばかばかしくない？**

スルーしてみた29

罪悪感

責任を押しつけてくる〝詐欺師〟に食い物にされてはならない

「自分がやらなきゃ」と思い込んで、それができないことに罪悪感を抱く。この心理は職場でもすごくやっかいな問題だ。

たとえば、同僚の頼みを断ったときの罪悪感なんかがそう。こういう感情は、自分の中で自然とわきあがることも多い。でも、実は知らないうちに、ほかの誰かから植え付けられていることも……。それがよくわかる絶好の例として、わたしが大学時代にバイトしてたバーの店長の話をしよう。このバーでは、シフトの交代とか、欠勤が出たときのヘルプ出勤とかがちょくちょくあった。まあ、それは別にいい。

問題は、バイトの人手が常に不足しているものだから、誰かが急に辞めたりすると即カオス状態になるってこと。わたしも強引にシフトを入れられて、結局大学の試験を一つあきらめて次学期にまわすはめになった。ほかの学生のお客さんたちに白ビールを注いで回るために、だ。これはさすがにマズい、そう思ったわたしは、かなりはっきり店長にこう伝えた。「もうこれ以上、追加のシフトは入れられません。わたしにも大学の勉強があるので」。そしたら店長は、なんとこう言い返したのだ。「困るんだよね、そういうの。他のバイトさんにしわ寄せが行くんだぞ？　うちにはシングルマザーのバイトさんだっているのに」

たしかに、それは事実だった。わたしが休めば、かわりに誰かが働かなきゃいけない。それにシングルマザーで何かと苦労の多いソーニャに、これ以上負担をかけたくないのも、また事実だった。ただし……そこにはもう一つ別の事実もあった。このバーには人員が圧倒的に足りないのに、店長はバイトを増やす気がないってこと。自分の責任を棚に上げて、店長は彼自身の問題をわたしの問題にすり替えようとしたのだ。しかも、こっちが自分から食いついてくるように、わたしの心に罪悪感っていうエサを植え付けて。

それからしばらくして、今度は自分が免停になったから業務スーパーまで車で買い出しに行ってきてくれって言われたとき、わたしはついにキレた。着けてたエプロンを、店長の足元にバシッと投げ捨てて。店長に言わせれば、「このままじゃ店が開けられない」のも、「お客さんを店の外で待ちぼうけさせてる」のも、全部わたしのせいらしい。店長のせいじゃなくて。飲酒運転したあげく、赤信号の前で眠りこけて警官に揺り起こされ、免停を食らったのは自分のくせに！

……というわけで、こういう人たちの手口はおわかりいただけたと思う。だから、わたしは声を大にして言いたい。「罪悪感なんてスルーでいい」って。

スルーしてみた 30

「人任せにできない」

部下や後輩にとって本当の意味で「親切な先輩」ってなんだろう

罪悪感といえば……うちの会社でアシスタントのインターンを受け入れるようになって以来、わたしは別の意味で罪悪感を覚えるようになった。うちのインターンの子たちは（ヤーナと違って）お給料も支払われてるし、職場にも満足している。それに、みんなすごく感じのいい子たちだ。ただ……わたし的に、そこが問題なんだな。つまり、あまりにいい子で感じがいいので、仕事を頼むのが申し訳なくなっちゃうのだ。最初のうちは、自分でも全然自覚がなかった。でも、あるときコピーをとっていたら、近くにいた別のインターンの子たちが「え……？」って顔でこっちを見ていて、それで気づいた。わたしは自分の直属アシスタントであるインターンのレナにコピーを頼むかわりに、自分で雑用を片づけてたのだ。レナに手間を取らせるのは悪いなって思って。レナ本人は、ネットサーフィンとかしてるのに。それ以来、ちょっと注意して自分の行動をリサーチしてみることにした。そうしたら、こんな行動をとっている自分に気づいた。

・レナの作った資料の修正を本人にやらせず、わたしが「自分でささっと」手直ししてた
・まだ仕事が残っていてもレナは定時で帰らせて、残りの作業はわたしが一人で片づけた
・毎日、終業時にレナのデスクを軽く整頓してあげてた
・お昼にレナのランチもついでに買ってきてあげた

「いいなあ、ぼくもきみのインターンになりたいよ」リサーチ結果をLに報告したら、にやにや笑いながらそう言われた。

「インターン！」って息子が楽しげにマネしてる。わたしたち三人は、ちょうどリビング

の片づけの真っ最中だった。息子がフタをしてないミキサーみたいに部屋じゅうにおもちゃを散らかした日は、毎回恒例のやつだ。

「ほら、おまえもお手伝いしなさい。レゴを箱に入れるのは、もうできるもんね？」わたしは息子にお片づけをさせようと誘導してみた。効果はばっちりだった。「はい、よくできました。じゃあ次は、ぬいぐるみをベッドに座らせてあげて？」とこんな感じでお片づけは進み、ついに完了。息子は「できた！」って誇らしげだ。うん、いい子いい子。

続いて、いい子の息子はなんと自分から靴下を脱ぎだした。こんなの初めてのことだ。思わず目を丸くして「え？ いつの間にそんなのできるようになったの？」って訊いちゃった。Lが満面の笑みで「ここ数日で練習したんだよ」って教えてくれた。息子はキャッキャと笑いながら、脱いだ靴下をわたしに手渡してくる。そう、つまりこういうことだった。ここ数日はわたしの仕事が忙しかったので、息子の保育園のお迎えや着替えはLの担当だった。で、Lはわたしと違って、たっぷり時間をとって、息子にいろんなことを自力でやらせたのだ。たしかに……わたしだったら息子が何かしだしたら、ついさっと取り上げて自分がやってあげちゃう。――職場でインターンのレナにしてるみたいに。

次の日の仕事中も、わたしはずっとそのことを考えていた。レナはたしかに、うちの息子よりはだいぶ大人だし、言葉だってちゃんとしてる。けど……試しにやってみるか。わたしは心の中でこっそり彼女を子供だと思うことにした。で、お母さん的な親切心で、申し訳ないなんて思うことなく、やるべき仕事を用意してあげるのだ。資料は自分で修正させて、コピーやランチの買い出しもお願いした。うん、まるで理想の上司みたい。――心の中でこっそり部下を子供扱いしてることを除けば、だけど。

ここまで見てきたように、職場にはつまずきやすい「要注意ポイント」が山ほどある。あなたは大丈夫だろうか？　章の最後に、あなたのつまずき度合いをチェックしてみよう。左ページの項目に「はい」「いいえ」で答えていってほしい。「はい」だったものは、即スルーしていこう。

CHECK!

あなたは職場で、こんなことにつまずいてない？

他人に仕事を任せたくない／ 他人に手間をかけさせるのは気が引ける	□ はい □ いいえ
「自分にしかできない仕事」を アピールできないと、クビになりそうで不安	□ はい □ いいえ
ノーと言う勇気がない	□ はい □ いいえ
同僚や上司に気に入られたい	□ はい □ いいえ
いつかきっと報われる／評価してもらえると 期待して、本当はやりたくもないことを 引き受けてしまう	□ はい □ いいえ
自分の力を生かせない能力以下の仕事を 引き受けてしまう	□ はい □ いいえ

4

RESULT

- 「断っても怒られない」どうでもいい仕事は意外と多い
- 同僚の「誕生日祝い」はすべてスルーしても問題ない
- 飲み会を断るときは、はっきりと、シンプルに

第 5 章

出産・子育て

ELTERN & KINDER

スルーしてみた31

アドバイス

経験してみてわかった、真に価値あるアドバイスはふたつだけ

妊娠中っていうのは、ありとあらゆるものを大手を振ってスルーできる特別な期間だ。「そういう気分じゃないから」っていうシンプルなひと言が、断り文句として堂々と通用する。何においてもだ。

いわば、九か月間ぶっ通しで「スルー実践講座」を受けてるようなもの。ていうか、実際問題そうでもしなきゃやってられない。なぜなら、妊娠中に他人から受け取る言葉や、アドバイスや、反応のほぼ九〇パーセントは、スルーしないと自分がパンクしちゃうから

だ。

たとえば、近所の奥さんは「自宅のバスタブでの自然分娩こそ、たった一つの真の出産方法なのよ」って力説してくる。一方で義母は「自宅出産なんて赤ちゃんを死なせるようなもの」ってスタンス。同じ理由で、犬もできるだけ早く手放しなさいって言う。でも友人のアドバイスによると、犬は全然大丈夫。むしろベビーベッドに重たい毛布を使うのが、ものすごく危険らしい――。

全方位からあらゆる人たちが、我も我もと張り合うように「こんなこと聞いたんだけど……」って怖いエピソードを添えて、知識やアドバイスを伝授してくる。そもそもこっちがまだ妊娠検査キットの陽性反応に頭が追いつかず呆然としてる段階で、未来のおじいちゃんとおばあちゃんは、生まれた子供を大学にやるかどうかで言い争いしてる始末。

でも、みんな知らないだろうけど……世間でよく言われてる「妊婦さんの幸せいっぱいの笑顔」。あれ、だいたいは善意のアドバイスを「愛想笑いでうなずきつつスルーしてる顔」だから。それは、自分の頭がパンクしないために妊婦がとれる唯一の手段なのだ。

しかもすばらしいことに、妊婦は損得を考えたり意識的に決定を下したり、そういう理性をともなう思考はいっさい抜きで、このスタンスに至ることができる。意識しなくても自然とそうなっちゃうわけ。

たとえば、妊娠するとかなり早い段階で、目の前のおいしそうな食べ物をガツガツ食べちゃう時期が訪れる。周囲の人たちが、妊婦でも安心して食べられるチーズやソーセージはどれかって真剣に話し合ってるのに、だ。

これって、今まで他人を優先して自分の望みを後回しにしてきた人には特に、すごく役立つはずだ。お腹の赤ちゃんが自然と「一番」になることで、それ以外のあらゆる人やものは、その人の中で本来あるべき位置に押し出される。つまり、ちょっぴり後回しになるわけ。多くの人にとっては、今までにない感覚だと思う。

こうなると、あらゆることを何の気兼ねもなくスルーできる。だから、たとえば映画館で急にどうしてもお手洗いに行かなきゃいけなくなったら、たとえそれが本日二度目でも、同じ座席列の人には問答無用で「悪いけど全員立ってください」ってなる。なぜなら、あなたには同じ座席列の人たちよりも大切な存在がいるから。そして、その存在がまさに今、お腹と膀胱をガンガン蹴ってるから。

妊娠中にもらうアドバイスのやっかいなところは、これからパパやママになる人たちは我が子を思うあまり、どんなアドバイスも真剣に聞いてしまいがちってこと。かく言うわたしも妊娠中、先輩ママから「パイナップルは流産の危険があるから食べちゃダメよ」って忠告された。中絶の手段としてパイナップルが使われてる国もあるんだから、って。そんな……わたしパイナップル大好きなのに！　助産師さんには「大丈夫、七・五トンくらい一気に食べなきゃ何の心配もないわよ」って言われたけれど、結局その後パイナップルは一口たりとも食べずに出産まで過ごした。今になって思い返してみると、妊娠期間中にもらったアドバイスのうち、真に価値あるものはたった二つだけだ。それは友人のヨシュからの、こんなアドバイスだった。

1.「アドバイスには耳を貸すな」
2.「妊娠中期以降に『エイリアン』は観るな」

二つ目のアドバイスについては、そのありがたみを後々実感するはめになった。というのも、わたしは忠告を無視して『エイリアン』を観ちゃったからだ。おかげで、お腹の赤ちゃんが初めて動いたとき、純粋にその感触を楽しむ気分にはとうていなれなかった。

さて、これからパパやママになる人のために、特にスルーしてほしいアドバイスをいくつか詳しく紹介しよう。

食べ物についてのあれこれ

食べ物は基本何を食べてもほとんど心配ないから、アドバイスなんてスルーでいい。ただし、アルコールは絶対にダメだ。しかも、授乳中も引き続きNG。これはかなりつらい……。

赤ちゃんの発育についてのあれこれ

これもパイナップルの助言と似たようなもので、まともに受け止めていたらロクなことにならない。「わあ、何か月目なの？　へえ、それにしてはお腹が「大きい／小さい／……／垂れ下がってる／ぽっこりしてる」のね」みたいな。

こんなことを何度も言われ続けると、どうしたって不安になってくる。でも、そこで挫けちゃだめだ。この手のコメントは、聞いたその場で即スルーしよう。ちなみに、「体重はどれくらい増えたの？」っていうおなじみの質問にうんざりしたときは、同じことを訊き返すとぱったり止むのでおすすめだ。

「今のうちによく寝ときなさい、子供が生まれたらそんな時間なくなるんだから」っていう助言

これ、マジで意味がわからない。二か月後に睡眠時間が削られるから、今のうちに寝ておけとか本気で言ってるんだろうか？　だったら一九八四年の週末にずっと寝て過ごした人は、今夜徹夜しても平気ってことですかね。

赤ちゃんの名前についてのあれこれ

生まれてくる子供にふさわしい名前をつけるため、多くのパパやママは名づけの本を一メートルくらい積み重ねて熟読し、何百というサイトを閲覧しまくる。時代に左右されず普遍的な、あまり気張りすぎない名前がいい。短くて愛らしい、でもアホっぽくない名前。苗字と性別に合っていて、平凡すぎず、かといって奇抜でもなく……。そうやって候補をいくつか絞り込んだところで、大っ嫌いなヤツと同じ名前があるのに気づいてしまって、慌てて候補から外したりして。もちろん、親戚やペットと同じ名前も除外だ。それでもまだ運よく候補が残っていたとしても、だいたいはパートナーに「それはないわ」って反対されちゃう。で、なんとか合意に漕ぎつけたと思ったら、こんなことを言い出す友人が最低一人は出てくるのだ。

「うーん、その名前はどうかな……なんだかちょっと［時代遅れな／アホっぽい／つまんない／犬の名前っぽい］気がしない？」

こうして、名前探しは一気に振り出しに戻るわけ。

だけど、ちょっと考えてみてほしい。その友人のセンスは、その人がよく着てるダサいTシャツや懐メロ趣味によーく表れてるわけで。そう考えたら自然と「別に気にしなくてもいっか」って思えてくるはず。

お産についてのあれこれ

妊婦の大きなお腹は、ときに全然知り合いじゃない通りすがりの奥さんにまで、「わたしのお産のときの体験を教えてあげなきゃ」っていう強烈な使命感を呼び起こすものらしい。そうして語られるお産は、だいたいがとんでもなく痛くて、ありとあらゆる合併症を引き起こし、陣痛は一晩中続いて……。でも、これって要はママどうしのマウント合戦みたいなものだから、(もしできるなら)軽く身をかわして、さっさとスルーしちゃうに限る。だって、あなたのお産はきっと全然違うものになるんだから。

その他のあれこれ

とはいえ、愛する人たち(または、別にそこまでじゃない人たち)からの助言は、けっして笑いと無縁ではない。というわけで、わたしが友人知人にアンケートした結果、こんなトンデモ助言をもらったっていう体験談が寄せられたので紹介しよう。

・ラウラ（義理のお母さんからの助言）「お産が終わって二週間くらいしたら、ちょっと気晴らしに夫婦で旅行にでも行ってらっしゃいな。赤ちゃんはわたしが見ててあげるから。あんまり子供にべったりでもいけないものね」

・リタ（伯母さんからの助言）「毎日二〜三リットルも水を飲んでるの？　そんなに飲んじゃだめよ、赤ちゃんが溺れちゃうじゃない」

あなたも、妊娠中にぜひともスルーしたいトンデモなアドバイス（またはトンデモな人）を書き出してみよう。

・

・

・

スルーしてみた 32

ベビー用品へのこだわり

義母がすすめる「ダサい赤ちゃん服」を回避するにはどうすればいい？

お腹の中の赤ちゃんのために、ベビー用品をあれこれ買い込む。それって、すごく幸せなことだ。それはいわば、生まれくる我が子への期待と喜びをお金の形で表現すること。ベビーベッド（わたしの赤ちゃんが、これに寝るのね！）、おしゃぶり（これを、この子はしゃぶるのね！）、可愛い模様のついたガーゼタオル（これに、この子はゲロ吐くのね！）——とにかくすべてが最高で、自分に赤ちゃんが生まれるんだっていう信じられない現実をよりリアルに、より身近に感じさせてくれる。

インスタグラムやピンタレストのおかげで、わたしは赤ちゃんの部屋やベビーグッズ、それに赤ちゃんそのもののイメージを完璧に把握していた。頭の中では、すでに理想のイメージもばっちり固まってる。色のトーンから模様からおむつのメーカーまで、はっきりと具体的に。さらに、ネットで研究するうちに「うちの子が眠るベビーベッドは、ハイセンスな木製アルファベットのネーム入りじゃなきゃ絶対にだめ！」って心に決めた。それにどうやら最近のベビー用品界では、クマさんやウサギさんは流行りじゃないらしい。今は断然、キツネさんとフクロウさんが人気だとか。あと絶対に欠かせないのが、赤ちゃんの部屋に飾るカラフルな三角旗だ。色の組み合わせはどうしよう？ ライトグレー&マスタードイエローと、ターコイズブルー&イエロー、どっちがいいかな……わたしが頭の中でうんうん考えている間に、宅配便が来た。それは、ウキウキな未来のおばあちゃんからの小包第一便だった。中に入ってたのは、インスタグラムではとんと見かけないような……要するに、わたしの好みとはかけ離れたベビー用品の数々。

こうして、未来の赤ちゃんのおむつ替え台には、義母が買ってくれたたくまのプーさんのぬいぐるみが飾られることになった。その正面には、わたしが買ったグレーとブルーのしましまのクジラ。まるでこの状況を象徴するかのように、両者はじりじりとにらみ合っている。思わず西部劇のテーマ曲とか口ずさみたくなっちゃうような緊迫感だ。

やがて赤ちゃんの性別が男の子だとわかると、義母はすぐさま「それじゃあ男の子用のベビー用品一式をプレゼントするわね」って（ありがためいわくにも）言ってきた。バスタオルから、ロンパースから、肌着から、全部一式で。わたしはぎりぎりのところで何とか交渉して、「買うものは一緒に選ばせてください」ってことで手を打った。そうして約束の日。わたしはLと大きなお腹を引きずって、街のショッピングモールに向かった。頭の中で『闘牛士の歌』を口ずさみつつ、きたる激戦への覚悟を固める。きっと、こんな過酷な戦いが待ちうけてるに違いない――。

義母：「こっちよ！　ほら、クマさんの模様入りの水色のロンパース！」

わたし：「おっと！　それよりほら、こっちのフクロウさんのベビーパンツのほうが――」

そんな感じで取っ組み合いのバトルを繰り広げる義母とわたしの姿が、目に浮かぶようだ。あげく店内のベビーカーをドミノ倒ししちゃったりして。ちなみに、この場合Lはまったく戦力にならない。クマさんとフクロウさんの違いがどれだけ重大か、やつには全然わかってないのだ。

店の前では、義母がすでに臨戦態勢で待ち構えていた。大きなショッピングカートを用意して。その目には、「このカートいっぱい分買うわよ」っていう固い決意が宿っていた。

「さっき、すごくかわいい帽子を見つけたの」義母はにっこり笑ってそう言うと、さっそくとばかりにわたしの腕をとって、そっちに引っぱっていく。問題の帽子は、まあ……そこそこって感じ。ところが、そのとき義母の目に別の何かが飛び込んできた。それは、淡い水色のかぎ編みの赤ちゃん服だった。

「あらまあ！　かわいいじゃない！」義母は声をはずませて、ソレを目の高さまで持ち上げた。……うん、ものすごくダサい。「いまいち」どころの騒ぎじゃない、それはまさに水色の悪夢だった。わたしは今日、固い決意を胸にこの店にやってきた。自分の好みじゃないものは、容赦なくきっぱりと拒否しようって心に決めて。だって、この子はわたしの最初の子で、たぶん唯一の子になる。だから何もかもパーフェクトじゃなきゃダメなんだ。グレーとマスタードイエローか、ターコイズブルーとイエローじゃなきゃ。

ところが、そのときふと、不思議なことが起こった。

かぎ編みの赤ちゃん服を手にする義母を見ていたら、なんだか急に心の中の頑固な反抗心がスーッと消えていったのだ。まるで、太陽に照らされた雪みたいに。だって、何かに感動してる人を目の前にして、その感動をぶち壊すなんて難しい。それに――義母の目があんまりにも幸せと喜びにあふれていたから。わたしは、思わず笑顔になった。心がじんわりと温かくなる。この人がどれほど初孫を心待ちにしてくれているか、伝わってきたからだ。義母はわたしに向かって「どうかしら？」って尋ねながら、かぎ編みの赤ちゃん服を掲げてみせた。だからわたしも、義母の頬にキスして答えたんだ。「ええ、パーフェクトです」って（そして、ついでにフクロウさんのロンパースをそっとカートに忍ばせた）。

さて、このエピソードの中には、たくさんのスルー候補が出てくる。たとえば、義母をスルーするっていう選択肢だってあるだろう。皆さんのお義母さんの性格しだいでは、それもけっして悪い選択肢じゃない。そうしたら、あなたはターコイズブルーとイエローのベビー用品を好きなだけ買えるし、それは絶対にかわいい、間違いない。でもね、ひとつ言えるのは――後々あの水色のかぎ編み赤ちゃん服を着てる息子を見るたびに、わたしはついつい笑顔になった。あのときの、すてきな思い出がよみがえってくるから。あの愛情と喜びに満ちあふれたおばあちゃんの顔を、かぎ編みの赤ちゃん服は思い出させてくれる。それは、フクロウさんのロンパースにはけっしてできないことだ。

スルーしてみた 33

「正しいやり方」

新米ママは要注意！
育児の「最新の研究」は地雷だらけ

赤ちゃんが無事生まれてしまえば、そこから先は比較的リラックスしていい。なぜなら、どんなに正しくやらなきゃって気を張っても、どうせ思いどおりにはいかないから。すべてにおいて、うまくいかないことだらけだ。でもそのかわり、あなたには「正しいやり方」を教えてくれる大量の専門家がついている。周囲のありとあらゆる子持ちの人たちと、子供のいない人たちっていう、強い味方が。彼らはいつどんなテーマでもアドバイスできるよう、準備万端で待ち構えてる。といっても、そのテーマがこれまた地雷原なんだけど。

たとえば……

母乳とミルクのどっちで育てるか（ドカン！）、母乳なら、離乳はいつ頃か（ドカン！）、赤ちゃんの正しい寝かせ方は？（ドカン！）、ベビーシッターはありかなしか（ドカン！）、正しいしつけとは？（ドカン！）、職場復帰は？（ドカン！）、ワクチンの接種は？（ドカン！　ドカン！）

誰もが、自分が正しいと信じるやり方を強くすすめてくる。そして、それはこの世に生きる人の数と同じだけ存在するわけで。

やっかいなのは、新米のママやパパにとって、それらはけっして「どうでもいい」ってスルーできる問題じゃないってことだ。夫婦はお互いに相談して納得し合ったうえで、あらゆることについて自分たちのやり方を決めていかなきゃならない。これって、すごく大変なことだ。しかも最新の研究結果でさえ、けっしてあてにはならない。たとえば一九三四年に当時最先端とされていた教育指南書には、こんなことが書かれてる。「暴君のようにわがままな」乳幼児をしつけるには、母親はあまり我が子をかまってはいけない、近くにいすぎるのも問題だ。夜泣きは肺を丈夫にするので、赤ん坊がお腹がいっぱいで寒くないようにさえしておけば、どんなに夜泣きしても放っておくことが望ましい――。つまり、当時のお母さんたちは、「最先端の研究」なんて聞き流して自分の直感に従ったほうが正解だったわけ。うちの母はまさにこの世代なんだけど、わたしが息子をぎゅっと抱っこして触れ合ってるのを見て、いつも涙目になっている。当時赤ちゃんだったわたしを思いっきり可愛がりたかったのに、「しつけによくない」って我慢してたからだ。赤ちゃんをそんなふうに「甘やかす」なんて「常識はずれ」だっていうのが、当時の風潮だった。……と、こんなふうに、子育てについて自分なりのやり方を決めていくのは、本当に難しい。それでも世のパパやママは力の限りがんばっている。ところが……そこに周囲の人たちがやってきて、自分がどこかで読んだ話や、この間耳にした情報なんかをペラペラ語り出すわけ。

そんなとき、あきれて天を仰ぎすぎて首を痛めちゃったり、それならまだしも恨みを溜め込んだりせずにすむには、どうしたらいいんだろう？　ひとつおすすめなのは、相手にけっして悪気はないんだって思い出すことだ。そういう人たちはたいてい、あなたへの思いやりや、愛情や、助けてあげたいっていう気持ちを、それ以外の方法で表現できないだけ。つまり、彼らのお喋りは必ずしも知ったかぶりとか新米ママさんへの苦言じゃなくて、むしろすごく不器用な、だからこそ心温まる友情の表れかもしれない。とはいえ、それを少し控えてほしいんだよな……っていう場合は、こんな手はどうだろう？　理屈っぽいお喋りの矛先を、もっと現実的なところに変えさせるのだ。たとえば、あなたがちょうど今、実際に困っていることについて訊いてみるといい。赤ちゃんが鼻づまりで夜眠ってくれないとか、着替えをさせるとき必ず大声で泣きわめくとか——とにかく何でもいい。ひょっとしたら、役に立つヒントをもらえるかも。

ちなみに、そういうときのわたしの得意技はこれだ。「ごめん、ちょっと抱っこしてて！」こう言って赤ちゃんを膝に乗せられたら、相手はほぼ確実にピタッとお喋りをやめて、「いい子でちゅね〜」ってやりだすから。この世で一番かわいいスルー方法だと思う。

ところで、そんなわたしでも心置きなく無慈悲にスルーできる一派がいる。その一派とは……

「昔はそんなのなくても誰も困らなかったんだから、今もいらないでしょ」派だ。

は？　何その理屈、まるで意味がわからない。わたしが初めてこの理論を聞かされたのは、おむつ専用のゴミ箱を買ったときのことだった。このゴミ箱、すごく優秀な仕組みのフタが付いていて、しっかり臭いを防いでくれる。おかげで「家に一歩足を踏み入れたとたんに、赤ちゃんが今日のうんちをすませたか否かが一発でわかる」みたいな状態にならずにすむわけ。天才的な発明だと思う。

ところが、これを買ってしばらくして、マルタ伯母さんが我が家を訪れた。そして、こう言ったのだ。「まあ、ややこしい。昔はそんなのなかったけど、誰も困らなかったわよ」。

それを聞いて、一瞬ぽかんとしちゃった。よくもまあ、そんなアホらしい理屈を思いつけたものだ！
もし車輪が発明された時代にマルタ伯母さんが生きてたら、なんて言うだろう？
・昔は人間、そんなに速く移動なんてしなかったものよ、まったく……
・まあ、回るですって？　支えるだけでじゅうぶんじゃないの、贅沢ねえ！
・これまで使ってた四角はどうなるのかしら、もったいない……

うん、わたしにはさっぱりわからない。使用済みおむつの臭いがするか、しないか。どっちがいいかなんて考えるまでもなくない？　でもやがて、仕返しの機会は訪れた。しかもマルタ伯母さんがみずから差し出す形で。伯母さんは腰の手術をしたそうで、そのことを語り始めたのだ。要は古い腰骨が擦り切れちゃったから、新しいのに替えたってことらしい。その腰骨の素材が強度二倍のコバルトクロム合金か何かだって得意げに言い出したところで、チャンスはめぐってきた。よし、今だ。わたしはコーヒーを一口すすって、こう言ってやった。「まあ、ややこしい。昔はそんなのなかったけど、誰も困らなかったわよ」

そんなこと言って、マルタ伯母さんだって傷ついたんじゃないかって？　かもしれない。でも、そんなの気にしてる余裕もないほど腹が立っていたから。あんなばかばかしい理屈、もう二度と聞きたくない。

ところで、それから数週間後。わたしは街でばったり昔の同級生に出会った。妊娠四か月だそうで、ちょうど今「エンジェルサウンズ」を買ってきたところなの、って言う。エンジェルサウンズっていうのは、胎児超音波心音計——つまり、お腹の赤ちゃんの心音を自宅で聞ける機械なんだそうだ。それを聞いたわたしは、気づけば力いっぱい地雷を踏んでいた。「ええ、何それ？　そんなのわたしの頃はなかったけど……」

スルーしてみた34

いろんな計画

病院の出産プランなんて夢のまた夢
「計画どおり」なんてありえない

ここではまず、「計画」を二つのカテゴリーに分けてみよう。

1. 出産と子育てに関する計画
2. それ以外の計画

さて、あなたが心置きなくスルーできるのは、まずカテゴリー1の計画。それと、カテゴリー2の計画だ。

――いや、別にふざけてるわけじゃなくて。実際、計画なんて何の役にも立たないんだから。幸いなことに人は成長するにつれて、この真実にしだいに慣れていく。だから後々になって我が子が大学にも行かずに「あと一年バーでバイトするから」とか言い出しても、そこまでショックは受けずにすむわけ。

ちなみに、わたし個人はけっして計画ぎらいな人間じゃない。いいんじゃない、別に。だって計画って楽しいもん。わたしなんて昔から山のように、いろんな計画を立ててきた。妊娠してからは、それまで以上に、計画、計画、計画、また計画。お腹が大きくなったらバルコニーのデッキチェアでゆったりしつつ、健康的にスムージーを飲んで過ごそう。出産ぎりぎりまで働いて、赤ちゃん部屋の内装とベビー用品一式はミントグリーンとイエローで統一して(ちょっと前の項を参照)。それに何より、一番大事なお産の計画もばっちり立てていた。

わたしのプランでは、お産は水中出産で、鎮痛剤は使わず、BGMにはジャック・ジョンソンのCDをかける予定。無事出産を終えてしばらくしたら、ベビーカーを押して赤ちゃんと初めてのお出かけを楽しもう。育休をとれば、その間は主婦兼ママだけしてればいいから少しゆっくりできるし。たまには子連れでカフェに座ってのんびりしたり、めいっぱいショッピングするのもいい。「ママと赤ちゃんのためのピラティス教室」にも通って、日曜日はLと子供と三人でベッドでまったりゴロゴロして……ホント、今となっては笑っちゃう。

すでに妊娠中から、計画はくるいまくりだった。まず、大きなお腹でデッキチェアっていうのが、そもそも論外。理由は「一度座ったら自力では立てなくなりそうで怖い」っていうのがひとつ。それと仰向けに寝そべったとたん、その姿勢が何かのシグナルなのか、お腹の赤ちゃんが元気なサルの群れみたいに暴れ出すから。スムージーについて言えば、初めて（そして最後に）飲んだときに思いっきり吐き出しちゃって以来、今にいたるまで二度と口にしていない。それに下の階の住人の方に配慮した面もあった。だってほら、吐いたものは下の階のバルコニーに落ちるわけだから。

出産ぎりぎりまで働くっていう計画も、やっぱり実現しなかった。なぜなら、脳がぬるめのお粥みたいになっちゃって、集中力が五分ともたないから。それで、いろいろと妙なことをやらかしちゃう。買い物帰りに財布を冷凍庫にしまったり、ペットボトルの水をひたすら手に注いでたり（グラスから水があふれてるのに気づかなかったのだ）。要するに、当時のわたしは仕事ができる精神状態じゃなかった。

なかでも一番のお笑い種《ぐさ》が、お産の計画だ。だいたい、お産を計画しようってこと自体がそもそも矛盾してる。今にして思えば、なんで病院側があんなプランを用意していたのか心底謎なんだけど……どうせ印象アップのためだろう。何が役に立つかなんて、実際に始まってみなきゃわからない。ちなみに、わたしの場合は陣痛の最中にLを大声でののしるのが、かなり役に立った。この時点で、水中出産のためのプールに入ろうにも、馬一〇頭に引っぱられても絶対ムリってレベル。もちろん、こんなことお産プランに書かれてるわけもない。

陣痛がもう一段階ひどくなって映画みたいに大声でうめきだすレベルになると、もうLをののしる余裕すらなくなった。そこからさらにワンランク痛みがアップしたところで、わたしはついに鎮痛剤を求めて叫んだ。「ですが、ご要望は鎮痛剤なしの自然なお産とのことでしたけど……」ブロンドヘアの若い見習い助産師さんが鈴を鳴らすような声で言う。わたしが「いいから今すぐ何か薬をもってきて、でなきゃ、あんたを八つ裂きにするから！」って叫んだら、やっと慌てて駆けだしていったけど。ああ、このまま次にいつ強烈な痛みがくるかとひたすら怯えながら、ジャック・ジョンソンの歌声を延々と聞かされ続けるかと思うと――！　今にして思えば、あのCDプレイヤーが悲劇の運命をたどらなかったのが不思議なくらいだ。

この体験は、それから起こる数々の計画倒れの序章にすぎなかった。わたしが胸に抱いていた計画は、ことごとく失敗に終わった。というのも、わたしはいろんな要素を計算に入れていなかったのだ。たとえば、いわゆる「悪露」——つまり出産後の出血とか。これのおかげで、出産後しばらくは分厚いガーゼシートとともにベッドにこもりっきりに。春の日差しの下でベビーカーを押しながらお散歩どころじゃなかった。まさに文字どおり「悪」そのもの。さらに、わたしが計算に入れてなかったもう一つの要素、それは赤ちゃんだ。親になってはじめて知ったのだけれど、赤ちゃんはショッピングもカフェも心底我慢ならないらしい。だから子連れの日は、カフェもお店もただ通り過ぎるしかない。日曜日のあれこれも計画とは全然違っていた。たしかに、Lと赤ちゃんはゴロゴロできる。ただしベッドで三人でじゃなく、リビングで。疲れきったママが少しでも睡眠をとれるようにだ。それに……わたしが主婦兼ママだけしてる間の、我が家の惨状ときたら。そりゃもう筆舌に尽くしがたいものだった。世の中のママたちは、オーガニックジャムや赤ちゃん服を手作りしつつ、同時進行で家じゅうをきれいに整えてるっていうのに。わたしはといえば、シャワーを浴びて着替えができた日は、それだけでもう大成功だ。おまけに、ピラティス教室すら計画どおりにはいかなかった。ちょうど子供のお昼寝の時間とばっちりかぶってたので……。こういった経験から（というか、それに限らずその他もろもろの経験から）、わたしは学んだ。計画なんてクソだ。それに、計画を実現しようとしてストレスを抱え込むことも。こうしてわたしは最終的に、仏教の教えと同じ境地にたどり着いたのだった。つまり「今を精一杯生きて、あとはなりゆきに任せる」ってこと。

スルーしてみた35 ママ友

心許せるママ友に出会える確率は100分の1くらい?

それから今に至るまで、子供にまつわることでは常に感動しっぱなしだ。妊娠中に「子供が生まれたら、大変だよ」って言われていたこと——たとえば睡眠不足とか、子供以外にかける時間がなくなるとか、そういうのは正直どれも恐れてたほどつらくはなかった。子供中心の生活になって、場合によっては丸二日ぐらい子供と寝てなきゃいけない日々でも。でも一方で、誰も忠告してくれなかったことがある。子供っていう存在がいかに強烈に人の人生を変えてしまうか、だ。

よく「子供が生まれると人生が一変する」って簡単にいうけれど、その本当の意味が今ならわかる。それは睡眠時間が削られることでも、思いたってすぐ旅行に行けなくなることでもない。もっと言葉では伝えきれない何かだ。子供が生まれるっていうのは、心に小さな傷ができて、その「もろい部分」を一生抱えて生きていくってことだ。突然、自分の人生よりも子供の人生が一番になるってことだ。人生で我が子の存在抜きの時間が急にいっさいなくなるってことだ。新聞で悲しい事件の見出しを読むたびに「うちの子だったら」と考えてしまうし、自分の幸せより子供の幸せが大事になる。子供と一緒にいられない時間が、短い人生でもっともつらいひとときになる。自分でも意外なほど感情が大きくなって——そう、それにもちろん、数日はシャワーなしでも余裕で過ごせるようになる。

わたしにとっては、そのどれもが鮮烈で最高な体験だった。でも、そんなふうに感動させられっぱなしではあったけど、子供にまつわるマイナス面だってもちろん存在する。そのひとつが、ほかの子の親たち、つまりママ友だ。

ママ友は初期のうちは「妊婦仲間」っていう存在として登場する。同じ時期に妊娠してる知人がいない場合も、出産準備クラスなんかに参加しているうちに、妊婦どうし自然と交流ができてくるのが普通だ。この感じ、ちょっと学校に似ている。同じクラスじゃなきゃ絶対に関わらなかっただろうなって人たちが寄り集まっている感じが。クラス初日、教室に入ったわたしはつい無意識のうちに一番後ろの席を目で探した。でも残念、このクラスは輪になって座る方式みたい。ほかの妊婦さんたちは楽しそうに病院見学の情報交換をしていた。分娩台のすばらしさとか、出産姿勢のこととかを夢中で語り合っている。でもわたしは、そのどれにも夢中になれなかった。輪の真ん中に用意されてたお茶の味すら気に入らない。

まるで同僚のメヒティルトの群れの中に放り込まれた気分だった。でも、これまた学校っぽいことに、似た者どうしは自然と固まって仲良くなっていくものだ。ちょうどわたしの隣には、同じくあまり乗り気じゃなさそうな女性が座っていた。その時点で少し気になってはいたんだけど、そのうち彼女の好感度が一気に上がる出来事があった。「空想の旅」とかいうエクササイズの最中のことだ。わたしたちは床に寝っ転がってリラックスするよう言われて、助産師さんの語る物語を聞かされていた。お城から妖精さんが出てきて、あなたの願いはなあに、って尋ねてくる……と、そこに何やら変な物音が響いてきた。なんと隣の彼女が、最初の数分でグーグーいびきをかいて寝始めちゃったのだ。

それで、わたしたち二人は一気に打ち解けた。彼女はハンニという名で、すごく感じのいい人だった。ハンニとなら、いろんな話で盛り上がれた。もちろん、子供や出産の話になることも多い。なんといっても、それが目下わたしたちの最大の関心事なんだから。でも胎児の頭のサイズや出産姿勢の話だけじゃなく、自分自身のことや、今抱えてる不安や心配ごとについても、彼女となら語り合えた。きっとお互い大きなお腹を抱えてないときに出会っても、いい友人になれたと思う。

でも後々わかったのだけれど、ハンニはたまたま出会えた幸運な例外だった。ママと赤ちゃんのための親子教室にハンニと一緒に参加したときも、それは痛感した。このクラスは、赤ちゃんが人生で初めて参加できる「講座」だ。参加者は親子六〜八組。暖かい部屋の中で、親たち（実際は全員母親だ）は裸の赤ちゃんと一緒にマットに座る。で、みんなで一緒におなじみの童謡を歌ったり、シャボン玉遊びをしたり、お喋りをしたり。これが週一回九〇分×八回で、計一万五〇〇〇円。一部の人を除いて、みんながこのクラスを楽しんでいた。その「一部の人」が、わたしとハンニだった。

永遠に続くLINEトークなんて サッサと抜けてしまおう

子供が少し大きくなって保育園に通うようになっても、状況は相変わらず。周囲のママたちは「おやつに持たせるクッキーは砂糖抜きにしましょう。体に悪いものを覚えさせちゃだめ」みたいな感じで、終始あれこれ仕切ってくる。誰々さん家の○○君が××君をいじめたとか、仲良しグループ内のあれこれとか、その他いろいろと気に食わないことについて、しょっちゅう話し合いが行われたりして。ママ友のLINEグループでは、レナちゃんがラウラちゃんを叩いただとか、リーヌス君がいつもお友達に乱暴で困りますとか、そういう話が延々と交わされてる。この間なんか教室内が寒すぎるとか暑すぎるとかいうLINEトークが一メートル分くらい続いて、ついでに各ご家庭のエアコン事情まで知るはめに。なんかもう、職場で働くために子供を保育園に預けてるのなんて、わたしだけなんじゃ……って気がしてくる。みんな保育園を趣味かなんかだと思ってるでしょ。

しかたなくLINEの通知設定はオフにして、夜に帰宅してから何メートル分ものトーク履歴を確認することにした。レオンハルト君がお腹を壊したっていうお知らせと、それに続く「お大事に!」っていう返信+悲しい顔文字二〇人分を延々とスクロールしていて、ふと気づく。

そうか、こういうくだらないメッセージを読まされるたびに、わたしはムカついていたんだ、って。よその子の便通に関する情報とか、わたしには何の得もなければ興味もない。それに何より、知らなくたって全然問題ないし。保育園の先生方を一〇〇パーセント信頼しているから、誰が誰のお人形をとったとかいう情報はいちいち知らなくて大丈夫。うちの息子については保育園からじゅうぶん報告をもらってるので、さらに二〇人も専門家は必要ない。もし親のわたしが知るべきことがあれば、保育園から連絡があるだろうし。それに、息子は放課後もたくさんの友達といろんな公園で遊んでるから、母親のわたしがちょっとくらい我を通しても、息子の立場が悪くなったりはしないだろう。よし、ママ友LINEグループはスルーしよう、わたしはそう心に決めた。そして、実際にそれを実行に移した。たぶん、わたしは保育園のママ友LINEグループを抜けた最初の人間じゃないかと思う。でも、思ったほどの高揚感はなかった。理由は簡単だ。何の苦労もなく、あっさりスルーできたから。……ということは、LINEグループ自体はもとから「どうでもよかった」ってことじゃない？　そう、たぶんわたしが本当にスルーすべきは、ママ友からの評価だ。こんなことして協調性のない変わり者って思われるんじゃないかって、わたしはつい不安になってしまう。でも……自分の心の奥にじっと耳をすまして、問いかけてみた。「レオニー君のママやルカちゃんのママにどう思われるかが、そんなに重要？」って。

――うん、別に重要じゃないかも。そう気づいたとたん、あの感覚が来た。体の奥底からじわじわと広がる、あの最高に気持ちいい感覚が。まさに解き放たれたような自由な気分だった。

いや、ほんとに。誇張なんかじゃない。こういうとき、人は自由を感じるんだ。

あなたも自分の心の奥底に耳をすましてみて。心の声が何て言ってるか、下の空欄に書き留めてみよう。

このLINEグループから退会していい？

この連絡先、削除していい？

このフェイスブックの友達／グループ、ブロックしていい？

めんどくさいSNSは
ぜんぶスルーしてみる

スルーしてみた36

子供のいない友人への説明

もしランチに行けたとしても、わたしの話し相手は「友人」じゃなくて「息子」

わたしが妊娠する以前にも、仲間内の誰かが結婚して子供ができたってことは何度かあった。そのたびに毎回、同じ現象が起きた。子供が生まれてしばらくすると、その人はグループから跡形もなく消えてしまうのだ。

なぜなら、食事や飲み会や、これまでみんなで楽しくやってきた活動に誘っても、たいてい断られてしまうから。誘う側は何度か声をかけては「また断られた……感じ悪いな」って思って、やがて誘うのをやめてしまう。

だから、自分が妊娠したとわかったそのときから、決意していた。わたしはそうはならないぞって。もっとクールでかっこいいママになるんだ。それに、赤ちゃんに関するこんな知識の数々をしょっちゅう耳にしていたからっていうのもある。

「子供って疲れたらパタッと寝ちゃうものよ。場所なんてお構いなし」

「慣れたらどこでだって寝てくれるから」

「大事なのは、ママと赤ちゃんが一緒にいること」

「たまには環境が変わったほうが子供の発育にいいから」

というわけで、わたしは（前にも書いたとおり）ショッピングやカフェにも行くつもりだったし、なんなら野外フェスティバルにだって抱っこ紐で子供を抱えて参加する気だった。おしゃれなスリングで赤ちゃんをゆらゆらさせながら、のんびり街歩きもいい。ときにはLと三人で友人の家に遊びにいって、広いオープンキッチンで料理を楽しんだりして。その間、子供はお隣の部屋を借りて寝かせておけばいいし。それにアンネとの定例の金曜日ランチだって、もちろん子連れで続ける予定だった。パーティーだって子連れ参加だ。子供はそのうち眠くなってソファでこてっと寝ちゃうだろう。なんて手がかからないんだろうって感動する友人たちに、わたしはこう言うわけ。「子供って疲れたらパタッと寝ちゃうものよ。場所なんてお構いなし。いつも連れ歩いてるから、この子も慣れてるの」。すると周囲からは、我が家の確固たる子育て論に「へー！」とか「すごい！」とか声があがる、と。

ハッ、笑っちゃう。

そうして、子供が生まれた。

産後しばらくして、そろそろクールでかっこいいママになってやるか、と思いたったわたしは、義母と義父と赤ちゃん連れで街に出かけることにした。義母にベビーカーを押してもらって、みんなでぶらぶら散歩しよう。そうすれば、わたしも久しぶりに外に出られるし。実際、すべては順調だった――待ち合わせ場所に行き着くまでは。そこから先、子供はずっと泣きわめきっぱなしだった。

この日、わたしはたくさんの大事なことを学んだ。

1．この新たな命に広い世界を見せ、なんとか家に連れ帰ることは、まあ可能っちゃ可能だ。ただし、どういうメカニズムでそれが可能なのかは、いまだ解明されていない

2. なのに、周囲の人たちは（しも含めて）、わたしには母性本能的な何かがあるから、おのずとうまくやれるはずって思っている
3. 街中で赤ちゃんが泣きわめいてると、周囲の人の視線はものの数分で「同情」から「非難」に変わる
4. お出かけするときは替えのおむつとウェットティッシュを忘れてはいけない。これ大事！

それから時が経ち、わたしたちは少しずつ赤ちゃんへの理解を深めていった。好きなこと（おっぱい、ママとベッドで寝ること、お風呂）、嫌いなこと（ショッピング、カフェ、着替え）。それに、この子にはこの子なりの生活リズムがあることも。そうして得た知恵や知見をひと言でまとめるなら、とどのつまり、こういうことになる。

「リズムどおり暮らしてる間はOK。ただし、ちょっとでもリズムから外れたら、壊滅的なことになる」。ところが、これを子供のいない人にうまく伝えるのは、かなり難しい。

「もうすぐ○○さんが店に合流する？　うん、でも残念だけどわたしは帰らなきゃ」

「なんで？　赤ちゃんもご機嫌そうじゃん」

「だからこそ、今帰るんだってば。早くしないと、今から三〇分後にはこの子、大爆発

しちゃうから」

こう言うと、相手が心の中で「何言ってんだこいつ」って思ってる気配がありありと伝わってくる。その人本人に子供ができるまでは。

アンネとの金曜日のランチも当分とりやめになった。というのは、遅くとも一三時までには子供をお昼寝させなきゃならないから。しかも、必ず家のベッドで。それ以外の場所では興奮しちゃって全然寝てくれないのだ。寝てくれなきゃ、午後は地獄になる。それに細心の注意を払ったうえでレストランやカフェやパーティーに行ったところで、結局はうまくいかなかった。だって友人と語らうための場のはずが、わたしはひっきりなしに（または、すごく短い間隔でひんぱんに）子供相手に語らうはめになるから。この状況で友人と意味のある会話を交わせる可能性は、限りなくゼロに近かった。予定してた友人宅でのホームパーティーは、まあもしかしたらイケるかもしれない。もし、以下の条件が整えば、だけど。

・子供がお昼寝できないくらい興奮しないように、あらかじめ超早くからお宅にお邪魔して、環境に慣れさせることが可能な場合

・子供がまだ寝返りをうてず、ベッドから落ちる心配がない場合（もし寝返りがうてる場合は、友人に「床に仮設ベッドをつくっていいかな」って頼めるのであれば可。例によって確実に「何言ってんだこいつ」って思われるけど）

・やっと眠ってくれた子供を帰宅時に起こして睡眠不足にさせても、翌日そのツケを支払う覚悟がある場合

・自分も夜八時半にはすっかりお眠モードになるけど、がんばって起きていられる場合

そんなわけで、なんと（？）わたしたち夫婦が友人宅のホームパーティーに顔を出す機会はかなり減った。ホームパーティーに限らず、夜八時半以降に起きてなきゃいけないイベントは全部そう。

でも、子供のいない人にそういう事情を説明しても、いまいちわかってもらえない。こんなときこそ、よくおもちゃ売り場で見かける本物そっくりな赤ちゃん人形の出番じゃないだろうか。泣いたりお世話をねだったりして、女児に「赤ちゃんがいる毎日」がどんな感じか教えてくれる、あれだ。あれを自腹で購入して、「えー、なんでクラブに踊りにこないの？　子供は旦那さんに頼みなよ」とか言ってくるやつに押しつけて数日間お世話させてやりたい。

それとはまた別に、こちらが望んで子供と一緒にいるんだってことを理解してもらうのも、やっぱり難しかった。わたしは子供の世話がしたい。たとえ周囲の人からしたら、子供の世話なんてつまらなく思えても。それに、これも理解を得られにくいんだけど……ごくたまに何かに参加するにしても、参加の判断基準は「子供が遊べるスペースがあるか」や「ほかにも子供がいるか」や「衝突防止のクッションシートが貼られているか」であって、けっして「カクテルが美味しいか」じゃない。

友達みんなに伝わってほしい「一緒には遊べないけど、見捨てないでね!」

さて、子供がもう少し大きくなると、状況もだいぶ変わってくる。友人宅の寝室で寝かせていても勝手に出てくるようになるし、尖ったものや危険なもの、高価なものなんかも手でつかめるようになる。お店のテラスからよちよち歩きで道路に出ちゃったり、お洋服で自分の首を絞めたり、落っこちたり、頭をぶつけたり。なので親としては相変わらず、友人とカフェで会ってても子供に気をとられっぱなし。しかもこれまでと違って、それは泣きわめく子供をあやすためじゃない、子供の命を守るためだ。

「だけど、それが幸せなの！」子持ちの人はそう力説して、子供のいない人たちに「何言ってんだこいつ」って顔をさせるんだろう。

この一見矛盾した感情――これもまた、言葉では説明しにくいものだ。いつからか、わたしは気づいていた。自分はクールでかっこいいママにはなれない。ただしそれは、子供がいなかった頃に想像してた「クールでかっこいいママ」にはなれないって意味でだ。なぜなれないのか、それを周囲の子供のいない人たちに理解してもらうのは難しい。わたしの説明はきっと、頭のおかしなやつの言い訳みたいに聞こえてしまう。だから、もういいやって思うことにした。

それからは、シンプルに事実だけを告げることにした。それを受け入れるも、バカにするも、同意するも、メタクソに言うもいい、何だって自由だ。だけど、事実は事実だから。

たとえば……

「今度の土曜日にパーティー？　いいね！　わたしは行かないわ！」

「明日のお昼にクラウスのお宅でブランチ？　そっか、楽しんできてね！」

「カフェでコーヒー？　いいよ、一〇時から一一時の間なら」

ほかにも、映画館、サッカー観戦、〇〇のコンサート、それに詩の発表会……どんなことも遠慮なく断ればいい。ちなみに、わたしは最近こんな断り文句をテンプレートとして用意してる。

「たぶん行けないけど、みんなのことは大好きだから！」

これなら若干やわらかめだし、どのみち理解してもらえない理由をあれこれ並べたてでないし。もちろん、なかには子供がいなくてもわたしを理解してくれて、一緒に楽しい時間を過ごしてくれる友人だっている。そういう人も、その人と過ごす時間も、本当に最高だ。彼らは、こっちが今何がダメで何がOKかを直感的に感じとってくれる。それに、うちの子のお腹の具合とか、歯痛とか、正直何なのかよくわからないトラブルのおかげで予定がパーになっても、けっして落胆したり「軽く扱われた」って怒ったりしないのだ。

そうそう、ちなみに外に遊びには行けないけど、うちに朝食によってくれるぶんには大歓迎。時間は……朝の七時くらいで。この時間帯がわたし的にもベストコンディションだし。

それと最後に、ぜひ伝えておきたいことがある。

どうか、わたしみたいなやつを見捨てないでほしい。――状況が許すようになれば、絶対また顔出すから！

5

RESULT

- 妊娠中のアドバイスは「ほぼぜんぶ」スルーしてよし
- ママ友にどう思われるかは重要なことではない

第6章

恋愛・結婚

LIEBE

スルーしてみた37

相手への深読み

王子様もただの人間である
セックスもしだいに少なくなる

恋愛に関しては、だいたいの人が何かしら「スルー体験」をしたことがあるはず。たとえば自分から異性をばっさりスルーしたって人もいれば、残念ながら自分がお相手からスルーされちゃった人もいるだろう。ほとんどの人は、そのどちらも経験済みだと思う（できれば片方だけといきたいけど……）。人生の一時期、人はまるで高速道路にでも乗ったみたいに、猛スピードで運命のお相手候補をスルーしまくっていく。右に左にビュンビュンと、相手の残像しか見えないくらいに。かく言うわたしも、この時期のエピソードには事欠かないけれど……そこはまあ割愛しよう。うっかり元カレ連中のことを思い出しちゃって、罵詈雑言で終わりそうな予感がするから。

さて、その調子でしばらく突っ走っていると、やがてそこまで最悪じゃなくて、まあずっと一緒にいてもいいかなって思える相手に出会うことになる。難しいのは、そこからだ。ちなみに、わたしはLともう十二年ほど「結婚に準ずる共同生活」を送っているわけだけど、今も変わらずLのことを最高だって思ってる。ときどき首をねじ切ってやりたくなるけど、それでも。彼はわたしの運命の人で、大正解で、白馬に乗ってない王子様だ。――ただし、王子様も靴下をその辺に脱ぎ散らかしたりするんだってことは、誰も教えてくれなかった。そう、一番の謎はそこだ。恋愛や結婚っていうのは、人生でもっとも重要なものの一つのはず。それなのに「恋のしかた」は誰も教えてくれない。何もかも自力で身につけなきゃいけないのだ。いつも思うんだけど、学校の生物の授業でミツバチの尻振りダンスとかを勉強するより、その時間の一部を「恋愛授業」に回したらいいのに。せめて基礎コースとして、これくらいは教えとくべき。

・王子様（またはお姫様）もただの人間である
・恋は長くは続かない。これはごく普通のことである

・ときどき恋人を壁に叩きつけてやりたくなるのも、ごく普通のことである
・セックスもしだいに少なくなる
・クズにならずにすむ、上手なケンカのしかた（初級編）
・恋愛におけるスルーの基本

仕事から帰宅した途端に「話があるんだ」突然パートナーから切り出されて……

これはホントに毎度の話なんだけど――わたしはこれまでかなりの時間を、Lの行動や言葉や反応の意味をあれこれ深読みするのに費やしてきた。その一例を、あるがままに紹介しよう。

その夜、わたしとLはこぢんまりしたレストランで食事をした（レストランに行けたってことは、子供が生まれる前のことだ）。その夜のLは、最初からなんだか様子がおかしかった。はじめは「わたしがちょっと待ち合わせに遅れたからかな」って思った。でも彼は文句を言ってくる様子もない。というか、明らかに口数が少ない。食事中の空気はどんよりと重

かった。

「ねえ、帰る前にどこかでもう一杯やりましょ」食事を終えた後、わたしはLの手をとって言った。何があったのか話してくれることを期待して。でも、そうして訪れた二軒目のバーでも（バーに行けたってことは、やっぱり子供が生まれる前のことだ）、Lはほとんど何も言わず、ぼんやりとカクテルをストローでかき回してる。わたしが「どうしたの？」って尋ねても「別に」って答えが返ってくるだけ。

「怒ってるの？　わたし何かした？」重ねて訊いてみたけれど、Lの態度は取りつく島もなかった。「別に怒ってないよ」そうは言うけど、ずっと心ここにあらずで難しい顔をしている。車で帰宅中、わたしは彼の髪をそっとなでて「愛してるわ」って言った。Lは一瞬だけ微笑んで、ぎゅっとわたしの手を握り――それっきり、何も言わずに車を走らせた。

何これ、どういうこと？　全然理解できない。

わたしの「愛してるわ」にLが答えてくれなかったことが、不安をさらに増大させた。まるで二人の間に見えない壁があるみたいだ。しかも、理由もわからないのに。家に着くと、Lは食器洗い機のお皿を片づけはじめたわたしには目もくれず、パソコンの電源を入れた。胸がひどく痛い。

これってもしかして、終わりの始まり？　まさか、ほかに誰か好きな人がいるの？　だから、こんな夜中にパソコンに向かってるわけ？　どうしよう、いつ別れを切り出されるんだろう――？　わたしが寝室に向かっても、Lは何かに没頭したまま顔を上げさえしなかった。しばらくして寝室にやってきた彼は、まるでわたしに触れたくないかのように、ベッドの端に身を横たえた。わたしはそっと脚を伸ばしてLの脚に触れてみる。そうしたら、彼はさっと脚を引っ込めたのだ。その瞬間、涙があふれ出てきた。Lが何を考えてるのかまるでわからないけど、わたしのことじゃないのだけは確かだ。もしかして、ほかの誰かのことを考えてる？　その夜、いびきをかいて眠るLの隣で、わたしは声を上げて泣いた。

翌日、再びLと顔を合わせたのは夕方、わたしが仕事から帰宅したときだった。玄関を入ったとたん、「話があるんだ」って言われた。ああ、ついにきた。わたしは覚悟を決めて、キッチンテーブルに座った。この家から出ていくつもりだろうか？　それとも、わたしが出ていくことになるの？　Lはじっとわたしの目を見つめて、こう切り出した。「なあ、いろいろがんばってみたけど、やっぱりだめだった」それを聞いたとたん、目に涙があふれてきた。「考えられる対処法は全部試したんだけど、やっぱり異音がするんだ。たぶんギアの問題だと思う」

わたしたちは一瞬ぽかんと見つめ合い、それから同時に言った。

わたし：「は？」

L：「あれ、泣いてる？」

まあ、よくある話だ。要は、いまいましいポンコツ車が故障したってこと。それだけだった。

わたしが「てっきり別れ話をされるかと思った」って言ったら、Lはびっくり仰天してた。むしろ、今度は本当にちょっぴり怒りさえした。なぜわかるのかって？　だって本人が「もう、ほんとに怒りたくなってきたよ」って言ったから。

結局わたしたちは、すべては逞《たくま》しすぎる想像力のせいってことにして、ハグし合って仲直りをした。それから、わたしとLはいくつか約束を交わした。まず、わたしはLの言うことを深読みしたりせず、言葉どおり受け止めること。それと、Lはもっといろんなことを言葉にすること。

それ以来、相手の行動の理由や、その裏にある事情をあれこれ深読みしてる自分に気づいては、このときのことを思い出す。すべてを疑い、あるはずのない危険を恐れる――それって人類の進化の過程では、たしかに生き残るための有効な手段だった。だけど、サーベルタイガーに怯えてた時代なんてもう過去のもの。だから不安になったら、サクッと相手に訊けばいい。

それと、大切なのは、返ってきた答えを信じること。特に男性っていうのは、だいたい思ったことをそのまま口にしてるから。それ以上の意味なんてない。そういえばポンコツ車の一件の少し後、Ｌに「きみの友人のヤーナって、すごくいい人だな」って言われたことがあった。そのときも、ほんの一瞬だけ深読みして「もしかしてＬはヤーナが好きなんだろうか、彼女と付き合って、結婚して、子供が欲しいのかも……そしたらわたしは一人孤独になって、ときどき二人の家に夕飯に誘われるみじめな人生になるの……？」って想像しちゃった。

でも、そんなアホらしい妄想をして自分で自分を苦しめるより、相手の言うことをそのまま受け取ることだ。そうすれば、心が軽くなるから。

だいたい、あれこれ深読みして、それが当たってた例《ためし》なんてある？

ここで参考のため、夫や彼氏がよく言うセリフと、その真意について左にまとめてみた。

CHECK!

夫や彼氏がよく言う発言とその真意がこれ。

発言	真意
「別に、何でもないよ」	別に何でもない
「○○さんっていい人だね」	○○さんはいい人だ
「今日は疲れてるから」	今日は疲れている
「いいね！」	いいなと思っている

スルーしてみた 38

「相手のすべてを理解したい」

「男の考え」はマジで理解できない！だけど、お互い完璧ってわけじゃないから

誰かの行動や発言に対して「理解できない」って言い返すのは、実質「なにそれ、ばかじゃないの？」って言ってるのとほぼ同義だ。でもこれが愛する相手のこととなれば、逆にすべてを理解したいって思うもの。付き合い始めのカップルは「相手のすべてを知りたい！」から始まって、次にすべてを理解して、と段階を踏んで近づいていく。ただし……

最初の「知りたい」のフェーズですでに、だいたいの人はうすうす気づく。相手が自分のすべてを知ることはないなって。しかも「すべてを理解」にいたっては、絶対ムリって。たぶん相手もそう思ってる。それに「すべて」どころか、何一つ理解できないカップルだって多い。わたしも以前付き合ってた地方の超小さな村出身の元カレのことは、最初のうち全然理解できなかった――まあ、訛りのせいもあったけど。

Lだって、わたしからすれば理解できないことだらけだ。その内容は多岐にわたる。たとえば、Lがなんで親友のスヴェンとひんぱんに連絡を取り合わないのか、わたしには全然わからない。

男どうしの友情って本当に奇妙なものだ。Lとスヴェンはせっかく会っても特に何をするでもなく何時間かをだらだらと過ごす。年に二回くらいしか会わないのに。しかも、メールや電話もほとんどしない。わたしがLに「スヴェンはどうしてる?」とか、「パートナーとうまくいってるの?」とか「仕事は順調そう?」とか、「そもそもスヴェンのご両親ってまだ生きてるの?」とか訊くと、たいてい「何言ってんだこいつ」みたいな呆れ顔をされる。Lは男の友情における基本原則を完璧に身につけてるのだ。その原則とは、これ。

「便りがないのは元気な証拠」

Lが心配しだすのは、スヴェンが電話してきたときだけだ。電話がくるってことは、何かが起きたってことだから。さらに予定にないのに「家に行っていいか？」って連絡がきたら、これはもう大変なことだ。Lはすかさずビールを冷やして彼を待つ。といっても、別に相談にのってあげて問題を話し合うためじゃない。スヴェンが事情を話し終えると、二人はひたすら無言でビールを飲みかわす。たまにふーっとため息なんかつきながら。……さっきも書いたとおり、わたしにはさっぱり理解できない。

Lが四二キロをぶっ通しで走るのが好きなのも、まるで理解できない。車でじゃない、自分の脚で、だ。知り合って間もない頃、Lはちょうどマラソン大会に向けたトレーニングの真っ最中だった。でも当時のわたしにしてみれば、マラソンなんて都市の主要道路を封鎖するばかげた催し物ってイメージだった。

そんなわたしに、Lはマラソンのすばらしさを力説した。雰囲気も最高だし、完走した後はものすごい達成感があるんだ、って。だから、わたしも試しに一度観戦してみた。そうしたら、わかったのだ。――マラソンってやっぱり、都市の主要道路を封鎖するばかげた催し物だなって。いや、マジで。だいたい終わってからじゃなきゃ楽しめないとか、まるで意味がわからない。なので、わたしはそんなの遠慮して、四二キロも走らないですむ幸せをこっそりかみしめている。

理解できないと言えば、Lとヨナスの友情も謎だ。ちなみにヨナスっていう男は真正のアホで、わたしと彼は心からの相互嫌悪で結ばれてるんだけど。それにLの釣り好きも、やっぱり理解できない。魚の上あごから釣り針をグリグリって引き抜くあの光景……見てるだけで痛そうで、つい口内を舌で押さえて顔をしかめちゃう。

一方でLは、わたしがインターネットで何時間も住宅情報サイトを眺めてると、理解できないって顔で首を振るのだ。「うちには家なんて買う余裕ないだろ」って言って。わたしが「別に買わないってば。見てるだけ」って言い返すと、やっぱり理解できないって顔をする。

こんなふうに、パートナーどうしでもお互い理解できないことは山ほどある。ランを育てるのが好きだとか、演歌のコンサートに行きたがるとか。そういう趣味の話に限らず、性格の面でも、理解しがたい欠点っていうのはあるものだ。たとえば、Lには「何か問題が起きたとき見ないふりをしてやり過ごす」っていうクセがあって、わたしは毎回はらわたが煮えくり返っている。まったく理解できないし、ムカつくし、こっちに実害が出るし。

本当にシメてやりたくなる。

でも——わたしに何か変えられるかって言ったら、残念ながら答えはノーだ。かといってLをスルーするなんて、絶対にありえない。それによくよく考えたら、彼のすべてを理解する必要なんてないわけで。

ただ単に、相手も（たぶん自分もだけど）けっして完璧な人間じゃないって認めてあげればいい。

そしてLが釣りから帰ってきたら、「もうちょっとで釣れそうだった」魚の話を聞いてあげればいい。魚釣りは理解できなくたって、それを語ってるLの姿はきっと好きになれるから。

他人を深読みしないだけで心は軽くなる

スルーしてみた 39

「まず自分を愛さなきゃ」

自分を100%愛せなくても別にそこまでダメじゃない

たぶん誰もが、こんなフレーズを一度は耳にしたことがあると思う。

「自分を愛せる人だけが、人を愛せる」

多少のバリエーションはあれど、おなじみのフレーズだ。これ、世の中ではいつの間にか人生の真理みたいに持ち上げられている。だけど、わたしはこの言葉を聞くたびに、安っぽいポストカードを思い出しちゃう。安っぽい夕日をバックに、このフレーズがいかにも自分に酔った感じの斜体フォントでつづられてる、そんなイメージ。

だいたい、こんなの完全にでたらめだから。

もし仮に本当だったら、世界じゅうの大半の人は恋愛能力なしってことになる。だって、ほとんどの人は自分を愛せてないし、それ以前に自分の価値を認めることすらできてないから。「愛せてない」の程度は人によってさまざまだ。ときどき自分が嫌になるって程度の人もいれば、クローゼットの鏡の前に立ったときだけ自分に幻滅するっていう人もいるだろう。かと思えば、ひっきりなしに自分を責めてしまったり、全然別人になりたいって願う人もいる。あげくのはてには、自分は何の価値もないクズだって思い込んでしまう人も。

まあ要するに、誰しも完璧なんかじゃないってこと。それなのに、世の中にはこんな迷信が蔓延している。「〇〇なところを直して、もっと××になれれば、きっと自分を好きになれる。そうしたら恋愛だってうまくいくはず」。それまでは自分はいわばB級だから、同じくB級かC級の異性しか相手してくれない——多くの人が、そう信じてしまいがちだ。しかも元カレの顔ぶれを振り返れば、この説がいよいよもっともらしく思えてくるし。それで人々は心理カウンセラーのもとに押しかけて、「いつかはなれるはずの、すばらしい自分」になろうとする。それがA級のお相手との恋愛につながると信じて。なぜなら、自分を愛せる幸せな人だけが、幸せな恋に出会えるんだから。——ほら、またあの安っぽいポストカード状態だ。

でも幸いなことに、「自分はこの世で最高の存在だ」なんて思っていなくても、わたしたちは誰かを愛することができる。子供時代のトラウマを引きずっていたって、それでもなお人を愛せる。そうでなきゃ、世界はもっと孤独で寂しい場所になってるはず。

一〇〇パーセント自分を愛せなくたって、周りと比べてそこまでダメでもないかなって思える程度なら、それで全然じゅうぶんだ。そのうえお相手についても同じことが言えたなら——もう二人の幸せを阻むものは何もない。

スルーしてみた40

選んだ人以外

**レストランでメニューを選ぶように
パートナーも選んでしまえばいい**

そうしてお付き合いを始めたら、ある程度のところで「収支計算」をしてみよう。あなたは今もまだ、相手のことを最高だと思ってる？　オッケー。じゃあたまに相手を月までぶっ飛ばしたくなる？　うん、それって全然普通のことだ。こうして二人の関係を振り返ったのち、「最高」と「ぶっ飛ばしたい」を比較してみよう。前者が上回ったっていう人は、おめでとう！　あなたが選んだ人は大正解だ。

Lに出会うまで、わたしと元カレたちの収支決算はいつだって「最高」がだいぶ劣勢で、下手したらほぼ「ぶっ飛ばしたい」しか残っていない状態だった。ゆっくり時間をかけてそうなるときもあれば、一気に収支が逆転したこともある。そのたびに、また美容院通いを再開したり、思いっきり部屋の模様替えをしたりと、涙の海に溺れないように努力してきたわけ。

でもLと出会ってから、とある助言を取り入れてみた。人気の人生アドバイザー、エカート・フォン・ヒルシュハウゼンの本『流れ星に祈るよりも確実に幸運を手にする方法』にあった「パートナー選びはレストランに行くときと同じ」っていう助言だ。レストランに行ったら、まずメニューをぱらぱら見て、どんな料理があるかざっと確認する。次に「これにしよう」って決める。以上。一度選んだらメニューは閉じて、それ以降はもう「別のにすればよかった」とか「ほかにも美味しい料理があったかも」とか考えない。

この助言に従ってメニューを閉じてみたら、あらゆることが楽になった。「これでパートナー選びはおしまい」って決めると、いらないストレスはかなり回避できる。

この人に決めた、はい終了。

わたしは心の中でそう宣言して、Lと自分を祝福して——そうして今も、その気持ちはまったく変わっていない。

もちろん、ビールを一杯ぐらい付き合ってもいいかなって思うような男性がいなかったわけじゃない。でも、その誰もがLの足もとにもおよばなかった。そう確信できるのって、すてきなことだ。いや、本当に。たとえ行きつけのカフェにジョージ・クルーニーが現れたって（ハンネのジョージ・クルーニーもどきの男友達じゃなく）、わたしは揺るぎなく信じているだろう。Lくらい最高にばかみたいにはしゃぎながら、わたしと共に歩んでくれる人はいないって。それこそ、『空飛ぶモンティ・パイソン』の「バカ歩き省」みたいに。それに……歯列矯正する前のジョージ・クルーニーを見たことある？　ちょっとな、って感じだ。

パートナー探しって、スーパーマーケットでジャムを買うのに似ている。普通においしいブルーベリージャムを買いたいだけなのに、いざジャム売り場の前に立つと、これがなかなか難しい。こっちのオーガニック印のにするか、それともこっちの果肉入りがいいか。おしゃれなラベルのも捨てがたいけど、残念ながらオーガニックじゃないし。すごくお高いブランドもののジャムもあれば、超お手頃価格のやつもある。もっとも、そっちはパッケージが最悪にダサいけど……。

そんな感じで時間をかけて悩みに悩んだすえに、選び抜かれたひと瓶を家に帰って食べてみる。すると、その味はなんと――そう、何の変哲もないブルーベリージャムの味ってわけ。

まあ、ジャムならまだいい。「もしあのとき別のジャムを買ってたら……」って思い悩む人なんてそういないだろうから。ところが、これが現実のパートナー探しとなると、そうはいかない。たとえば、洗濯カゴのそばに（カゴの中じゃなく！）脱ぎ捨てられた靴下を毎度のごとく拾い上げながら、ふと同棲してる彼の昨夜の様子を思い出したとき。テレビを観てる途中でぽかんと口を開けて寝てた彼、マヌケ面だったな……そういえば、この人最近、なんか太ってきてない？　ちょうどそのとき、ラジオから歌が流れてくるわけ。「彼」を思い出させるような歌が。え、「彼」って誰かって？　またまた、しらばっくれなくていい。誰にだっているはずだ、そういう思い出の「彼」が。

だけど、ここで罠にはまってはいけない。そんな昔の「彼」なんてスルーして、あるべき場所に戻ってもらおう。

スルーしてみた 41

共通の趣味

マラソン、バイク、ボードゲーム――ごめん！　どれも「1分」もガマンできない！

パートナーと共通の趣味があるって、すばらしいことだ。二人で共に過ごす、楽しいひととき……いや、知らないけど。たぶん。

わたしとLがこれまでに一緒に楽しめたアクティビティは、正直言って散歩くらいだ。それも犬っていう散歩好きの存在に助けられている面が大きい。それ以外で共通の趣味といったら、ないとは言わないけれど、かなり厳しい。もちろん、わたしだって昔は「パートナーとは何かしら一緒に楽しめる趣味を持つべき」って思っていた。乗馬でもテーブルトークRPGでも陶芸でも、他人と一緒に楽しめるんだから、愛する人と一緒ならどれだけ楽しいだろう、って。だから、誠実に努力もしてきた。ちなみにさっきの「テーブルトークRPG」は元カレの趣味だったんだけど、わたしは彼への愛から、これに実際に参加してみたことがある。RPG（ロールプレイングゲーム）っていうからには、TVゲームのRPGみたいに魔法使いになりきって森の中を駆け回り、モンスターを倒す……みたいな感じだろうと想像していた。

ところが、わたしが参加したそれは、ひょろっとした男性数人がテーブルを囲んで、サイコロを振って、分厚いルールブック二冊と首っぴきで出目に応じてコマを動かす、みたいな感じ。前日に「魔法使いっぽい服装で行ったほうがいいかな」って悩んでた時間が完全にムダだった……。冷静に考えて、あのひとときはわたしの人生でも一番ってくらい退屈な時間だったと思う。

ところがヤーナに言わせると、彼女の元カレの趣味ほど退屈なものはないらしい。その趣味とは、立体パズルだ。それでもヤーナは彼と一緒に何時間もかけて、一〇〇〇ピースのノイシュバンシュタイン城の立体パズルに取り組んだ。この一風変わった寂しい趣味が、彼の一時の気まぐれで終わりますようにって願いながら（なお、そうはならなかった）。

ほんと、相手の趣味に合わせるために、こっちがどれだけ努力してきたことか！　でも同じことをLも思っていたらしい。あれは、わたしが初めて彼を乗馬に連れ出した日のこと。わたしは心の底からこう思っていた。「一度馬に乗ってみたら、Lにも絶対この楽しさがわかるはず！」

わたしにとって乗馬はとても大切な趣味で、だからLも（たぶんこっちが若干プレッシャーをかけたせいもあって）一度試してみるって言ってくれた。そうして、ある晴れた日曜日、わたしは馬と乗馬の先生を予約してLとの乗馬レッスンに臨んだ。空は晴れわたり、明るい日差しが降り注いでいる。すべてが最高だった。早くも頭の中では、馬に乗って軽やかに森を駆けるわたしとLの姿が――いっそ田舎に暮らして、自分たちで馬を飼うのもいいかも。レッスンが終わる頃には、もうすでに「子馬の世話をするわたしと、白い木の柵を修繕するL」っていうちょっとした人生設計までできあがってた。一方、Lもレッスンが終わる頃には心に決めていたらしい。もう一生、馬には乗らないって。どうやら股間をひどく痛めたみたいで、しばらくは職場でも立ち作業用のデスクを使うはめになったそうだ。「だいたい、なんで馬なんかに頼らなきゃいけないんだ。ほかにいくらでも移動手段はあるし、ボタンやハンドルひとつで簡単に走ってくれるのに」Lはそう文句を言った。それに、鐙《あぶみ》にずっと足裏をふんばるのも意味がわからない、ペダルもついてないのに、って。

――要するに、田舎で馬を飼う夢の暮らしはだいぶ遠のいたってこと。後日、股間を犠牲にしたLにさすがに悪いと思ったわたしは、お返しにLの好きなスポーツに付き合うことにした。もちろんマラソンは丁重にお断りしたけど、Lは水泳もやってるのだ。水泳なら、もしかしたらわたしでも楽しめるかも。乗馬からはだいぶ離れるけど……まあしかたない。

というわけで、わたしは水着一式を携えて、Lに連れられて屋内プールにやってきた。この慣れ親しんだ塩素の匂いと、声の響く感じ。最後にこのプールに来たときのことを思い出す。あれは確か……一二歳の頃。

Lはさっさと水に入って泳ぎだした。そこから先は、もう顔の左半分か右半分のどちらかと、あとは腕しか水の外に出てない状態。わたしはプール内を見回してみた。唯一目についた女性たち数人も、Lとまったく同じことをしてる。みんな紺一色の地味な競泳用の水着姿だ。そんななかで一人だけ、水泳用ゴーグルもつけず、緑と赤の派手なボタニカル柄のビキニを身にまとう女がいた。――そう、わたしだ。

でも、わたしだって努力はした。プールの端から端まで、行って、返って、行って、返って……退屈のあまり溺れそうになったけど。そもそも屋内プールって、視界的にもまるで変化がない。散歩なら少なくとも景色は変わるのに、これじゃだだっ広いホールを散歩してるみたいだ。がらんとしたホール内をひたすら歩いて、一〇〇メートル行ったらまた戻る、みたいな。

なので、早々にジャグジーに移動して、ボコボコ出てくる気泡でセルライトを撃退してみた。続いてサウナに入って、ついでに髪の毛のケア。これはまあ気持ちよかったけど、Lと共通の趣味とはいかない。

「だから、二人で一緒に何かできなきゃダメなんだってば」。結局、わたしは帰りの車中でLにグチグチ文句を言っていた。赤信号で車が停まったところで、Lが窓の外を見ながら言う。「つまり、あんな感じがいいってこと?・」。そこには、同じく信号待ちをしているバイク乗りの一団がいた。みんなピカピカに磨き上げられたバイクにまたがり、いかにもな革ジャンを着ている。何人かは後ろに彼女らしき女性を乗せていた。

それを見たとたん、わたしは目からウロコがボロボロ落ちまくるくらいハッとした。わたしも、かつてあんなふうにバイクの後ろに座ってた。Lの前、いわば前任者の「H」って男と付き合ってたときに。なぜなら、あの当時もやっぱり「共通の趣味を持たなきゃ」って思っていたからだ。だからHの元カノがそうしてたように、わたしも毎週末Hのバイクの後ろに乗せられて、夏は汗だく、冬は凍えそうになりながら、バイク乗りの「集まり」に連れていかれた。この「集まり」では各々が愛車の脇につっ立ったまま、バイクについて語り合う。サスペンションがどうとか、車検に通るぎりぎりのマフラー改造で爆音を楽しむ方法とか……。ぶっちゃけテーブルトークRPGのほうがまだマシだ。やがて誰かがバイクの後輪をブンブン言わせだし、アスファルトで派手にタイヤを削りながら急発進する。そうしてバイク乗りたちは、また連れ立って帰っていくわけ。……あのムダに費やされた毎週末の時間を、ソファに丸まってドラマの一気見でもして過ごせてたら！　それか、もっと有意義なことに使えてたら！　……なんかこう、いろいろあるでしょ、手話の勉強とか！　そんなわたしの心中を肯定するかのように、青信号で急発進したバイクの後ろで、女性たちがバランスを崩してる。前に乗る彼氏のヘルメットに、彼女のヘルメットがぶつかる「カチン」って音。同じ音が、わたしの頭の中でも響いていた。

そうだ、わたしはもう二度と、興味のない趣味に貴重な休日の時間を費やしたりしない。一分たりとも。それに「共通の趣味を持たなきゃ」って考えることに貴重な休日の時間を費やすのも、もうやめだ。

そんなの、スルーでいい。

スルーしてみた 42

相手の欠点

脱ぎ散らかした「靴下」にさえ殺意を覚えるのはどうしてだろう

わたしの元カレはどいつもこいつもダメ男だった。こんな地雷ばっかり踏み抜いてきたの、わたしくらいじゃない？　って思うくらいに。テレビで「市街地には、まだたくさんの地雷が埋まっていると予想されます」ってニュースを聞いて、思わずうんうんって訳知り顔でうなずいてしまったりして。

ところが意外なことに、似たような目に遭ってきた女性はけっこう多いらしい。

知り合いの女性たちの協力を得て調査したところ、誰もが一度は出会う典型的なダメ男のタイプがいくつか判明した。それが、こちら。

・細身でロン毛、ギターを弾いたり絵や小説をかくのが得意なタイプ。ちょっぴり情緒不安定な傾向あり。オプションで「登山」または「サーフィン」のスキルが付いてることも。いわゆる王子様タイプで、付き合うと自作の歌をプレゼントされたり、小説のヒロインにしたりしてくれる。ただし、「洋服－クローゼット」「仕事－お金」「掃除－清潔」みたいな論理的な関係性を理解する力はゼロ

・鍛え上げられた筋肉を誇るスポーツマン。たいていドラゴンか部族風のタトゥーをしている。彼女を寝室のベッドまで運んでくれるけど、寝室の外ではまるで役に立たないタイプ

・ちょっとヒョロガリ風で、敏感肌。本人的に最大の冒険は、マイホームの庭に自分で池を作ること。四年前にバンジージャンプをぎりぎりで回避した話をいまだにしてくる

・何かと大物ぶりたがるイキリ屋タイプ。クラブに顔パスで出入りするのみならず、入り口の用心棒とグータッチとかしちゃう。よく「セレブ」と知り合いだって自慢してくるけど、たいていググらないと誰だかわからない

・シミひとつない肌と輝く白い歯が特徴のイケメンタイプ。良家のおぼっちゃんで、何でも最高級があたりまえ。スノーボードやウォータースキーをたしなみ、パパからプレゼントされた高級車を乗り回す。付き合った場合の利点は、母親がご近所に自慢できること

でもうまくいけば、こういうダメ男特有の欠点のいくつかは歳を重ねるうちに改善されるか、多少はやわらいでいく。ロン毛のサーファーはいつしか自分の店を持ち、帳簿だってつけられるようになるだろう。グータッチ連発のイキリ屋だって、若気の至りを恥ずかしく思う日がくるかもしれない。すべてはありえることだし、人は学ぶ生き物だ。それに女性たちだって学んでいく。そうして、いつの日か気づくわけ。「何もかも手に入るわけじゃない」って。インディアンの知恵にもあるとおりだ。

1. 魅力的
2. おもしろい
3. 精神的に安定している

三つのうち、二つを選ぶべし。

この知恵を身につけた人は、「選べる範囲内で一番マシなものを手に入れて、足りないところは後から教育しよう」って考えにいたる。ただし、これはこれでストレスのもとだ。世の多くの女性たちは、彼氏や夫を望ましい方向に導こうと絶望的な努力を続けている。ヴィジュアル面の改善なんて、そのなかじゃ全然簡単な部類だ。服装、髪型、ヒゲ、引き締まったお腹……どれもけっして不可能じゃない。それよりもやっかいなのは、ムカつく悪癖をあらためさせること。

たとえば、わたしは床に脱ぎ散らかされたLの靴下を拾い集めてるとき、マジで卒倒しそうなくらいムカついている。こう書くと何でもないように聞こえるかもしれないけれど……こっちはもう何年もずっと靴下を拾い続け、そのたびにプンプンに怒ってLを叱りつけてきたのだ。一方ヤーナは「そんなの別によくない？」ってスタンスだ。ただし、自分の恋人が買い物から帰ってくるたびに、きまって不機嫌になる。なぜかというと、この彼、必ず「それじゃない……」ってパンとか、ヤーナの嫌いなジャムや果肉入りヨーグルト、それに酸っぱいリンゴを買ってくるから。あまりにも毎回そんな感じなので、ヤーナはかわいそうな彼が玄関をくぐった時点で、すでにお怒りモードでスタンバイしてるんだそうだ。そんな小さなことで……って思ったあなた、わたしもそう思う。でも、こういうのはどのカップルにもあることだ。もしかしたら、あなたの彼氏や旦那さんも、ひっきりなしに指の関節をポキポキ鳴らすとか、ヒゲを剃った後にシンクを流さないとか、車の鍵を閉めたか一〇回くらい確認するとか、リビングの床で爪を切るとか、時間にルーズだとか、三つ頼めば二つは忘れるとか、夜いびきがうるさすぎて蹴飛ばしたくなるとか、そういう困ったクセや習慣をお持ちかもしれない。

でも、なかには直せるクセもある（ぬか喜びさせないように先に言っておくと、いびきは違う）。たとえば知り合って間もない頃のLは、食卓につくときに必ず「いただきマウス！」って言うクセがあった。家でも、レストランでも、はたまたフォーマルな祝賀パーティーの席で、フランス大使やその取り巻きの方々と一緒のテーブルになったときも。

なので、こっちはＬが席につこうと椅子を引いた時点で、いつもイライラ、ハラハラだ。言うの？　また言うの？　わたしの脅すような視線に気づくと、さすがにＬも自重する。でも、ぼんやりしててこっちの目線に気づかないと——「いただきマウス！」とこうなるわけ。そのたびに、わたしはマジで頭にきていた。そんなある日、近所のイタリア料理店で食事をしたときのこと。ちょうどテーブルにピザが運ばれてきた、まさにそのときＬが大口を開いた。「いた——」でも最後までは言えなかった。なぜなら、次の瞬間わたしが大声で「『いただきマウス』はやめろ‼」って怒鳴ったから。周りにいたお客さんやカルツォーネを運んでいたウェイターさんまでもが、いっせいにこっちを見た。……これじゃまるで、わたしが頭おかしい人みたいじゃん！　Ｌは一人ニヤニヤ笑いをかみころしてるし。あのときはピザを食べてる間じゅう、Ｌへの怒りがおさまらなかった。ちなみに、この「いただきマウス」の口グセは、その後なんとかやめさせることに成功した。習慣を変えさせるのには時間がかかったし、自分でもときどき「何やってんだろ……」ってむなしくなったけど。それでも、どうにかかなった。

直せるクセ、直せないクセをみて気づいた「人生」についての今世紀最高の発見

どうにもならなかったのは、靴下だった。わたしは相変わらず毎回プンプン怒りながら靴下を回収し、Lは何もしない——そんな日々が続いてる。アンネからは「拾わないでほっとけば？」ってアドバイスされたけど、これがそうもいかないのだ。なぜなら、拾わないと靴下は増殖する一方だから。Lが清潔な靴下を切らさないかぎり、増殖は止まらない。

それにしても、わたしがLの靴下に、そしてヤーナが彼氏の買い物に、こんなにイラつくのはなぜだろう？　それは、「相手はこう思ってるに違いない」って決めつけているからだ。たとえば、わたしだったら「Lのやつ、『靴下なんてその辺に放り投げとけば、ばばあ（わたしだ）が拾ってくれるだろ』って思ってるでしょ！」って考えるから、ムカつくわけ。ヤーナも同じだ。「彼、わたしのことなんて少しも気にしてないんだ。じゃなきゃ、わたしの嫌いなものばっかり買ってくるわけない！」って心のどこかで思ってる。

おもしろいことに、わたしも昔、母親とケンカしたときに似たようなことを言われた覚えがある。あれはまだ十代の頃、わたしは服を部屋じゅうに脱ぎ捨てて、そのままにして

いた。そしたらある日、母が烈火のごとく怒ってこう言ったのだ。「あんた、『脱いだ服はその辺に放り投げとけば、ばばあ（母だ）が片づけてくれるだろ』って思ってるでしょ！」って。でも今でもはっきり覚えているんだけど、別にわたしは何かを考えて服を脱ぎ散らかしてたわけじゃない。母に片づけてもらおうなんて、それこそこれっぽっちも思っていなかった。

たぶん、Lもそうなんだろう。それにきっと、ヤーナの彼氏も。彼はヤーナにぞっこんで、彼女のためなら何でもするような人だ。——ただ、パンのお買い物はちょっと苦手ってだけの話。

あらためて振り返ってみれば、わたしはほぼ一〇年以上、毎朝Lの靴下のことで怒ってきたことになる。信じられる？　一〇年も！　たかが靴下のことで！　これは合算すれば、かなりの量の怒りだ。それに何より……もし仮に靴下のことで怒らずにこの一〇年を過ごしてたら、どうなっていたと思う？　答えは、そう。「何も変わらない」だ。結局わたしは靴下を拾って、洗濯機に入れるわけだから。だったら怒るだけムダじゃない？　なぜなら——これ、今世紀最大の発見だと思うんだけど、

「怒らなければ、怒らずにすむから」

ブッダの教えは、これをもうちょっとわかりやすく説いている。

「怒りに固執するというのは、誰かに投げつけてやろうと熱い石炭をつかむようなもの」

というわけで、わたしは決意した。「変えようがない他人の欠点にいちいち怒るのはやめよう」って。でも、そう決意しただけじゃ実際のところ効果は薄い。だって、そうは言っても怒りはわいてくるし。それどころか、決めたのに実践できない自分によけいイライラしてしまうことも……。そこでおすすめなのが、こんなふうに考えてみること。

Lは靴下に関して、ちょっと特殊な目の障害を抱えてるんだ。これは布製の履きものだけが視覚的に知覚しにくくなる病気で、だからLが反応できないのも当然ってわけ。おそらくこの症状は、よく知られてる「床上ぼんやり症候群」とも深く関わってるんだろう。ちなみにこれは、床付近における布類全般への知覚力が低下する病気。

それに、ヤーナの彼氏はこれまた特殊な「恋愛型健忘症」にかかってるに違いない。そのせいで、ヤーナの食料品に関する好みっていう記憶領域だけが阻害されてる可能性がある――。と、こんなふうに考えて「できないんだから、しかたない」って思っておくほうが、毎日イライラしたり文句ばかり言うより、ずっと気が楽だ。靴下も、イライラも、思いっきりスルーしちゃおう。そのかわり、Lがわたしの靴への愛を「整形器具依存症」呼ばわりしたって、喜んで受け入れようじゃないか。

もちろん、たとえばあなたの愛する人が突然「実は俺、二十代半ばの金髪美女じゃなきゃ愛せないんだ」って告白してきたら、それはさすがに厳しい。色素薄い系女子による急性感染症の疑い、とか言って怒りをスルーしてる場合じゃないだろう。むしろ、その場で即別れを告げる等、適切な処置が必要になる。でも……もし相手の欠点が日常的なささいなもので、それ以外はまあいい人っていう場合は、欠点なんてスルーしちゃうのがおすすめだ。

ここで、夫や彼氏によく見られる「症例」と、その詳しい説明を左の表にまとめておこう。あなたもこれを機に夫や彼氏の欠点リストをつくってみよう。ポイントは、あなたが日々ムカついてる症例と、考えられる「医学的な原因」を書き出すこと。すべて書ききったら……思いっきり華麗にスルーするべし！

CHECK!

夫や彼氏によく見られる「症例」と
その「診断」をまとめてみた。

症例	よくある決めつけ	診断
トイレットペーパーを使いきったのに、次のロールをセットしない	「次にトイレに入ったわたしが紙も望みもなく絶望しようが、どうでもいいのね」	トイレットペーパーの補充のみに限定された、短期記憶の部分的かつ著しい低下
記念日や誕生日を忘れる	「わたしとの関係なんて、どうでもいいんだ」	長期記憶も大したことない模様
歯磨き粉チューブのふたを必ず開けっぱなしにする	「わたしのこと家政婦か何かだと思ってるんでしょ」	重度の歯磨き粉チューブふた恐怖症
こちらの話を聞かない	「わたしに興味がないのね」	聴覚系認知能力の障害
いびきがうるさい	「こっちは眠れないのに、ちっとも気をつかってくれないんだから」	気道が詰まってる

6

RESULT

- パートナーの言動を深読みせず、そのまま受け入れれば楽になる
- 「共通の趣味」が幸せを運ぶとはかぎらない
- どれだけ怒ってみても「ムダな時間」だと気づこう

終わりに

たぶん、わたしはこの本の中で、読者の皆さんを一度ならず傷つけたと思う。

ひょっとしたら、あなたの大好きな趣味をけなしちゃったかもしれない。あなたが愛するスポーツのことをメタクソに言ったかもしれない。あるいはもしかして、今これを読んでるあなたは、わたしの上司かもしれない（ハーイ、デトレフ！　見てる？）。それ以外にも、さまざまな形で皆さんの地雷を踏んで、お怒りを買いまくったことと思う。でも、どうかそこはスルーしてほしい。けっして悪気があったわけじゃない。わたしはただ、自分の体験を通じて伝えたかっただけだ。自分が心から楽しめないことを思いきって手放したら、どんなに最高かってことを。もちろん、わたしの「楽しめないこと」とあなたのそれが違うのは、ある意味あたりまえ。だから、あなたもぜひご自分のあれこれをスルーしてみてほしい。一度やってみたら、もうやめられないはずだから。それでは、皆さんのスルー人生に幸あれ！

訳者あとがき

「自分が心から望むことだけ残して、それ以外はすべて捨てちゃう。そうしたら、いったいそこにはどんなに幸せな人生が待っているんだろう?」(本文より)

イラッとくる友人といきおいで絶交したら、ものすごく爽快感があった——そんな経験をきっかけに、「何となく受け入れてきたけど、本心ではやりたくないこと」を次々とやめてみた著者。本書はその実体験をユーモアたっぷりにつづったエッセイだ。

他人の目をとかく気にしがちな日本人らしい悩み……と思いきや、本書は実はもともとドイツの本だ。ドイツ語タイトルは『Am Arsch vorbei geht auch ein Weg』(直訳が難しいのだが、あえて訳すと「スルーしたって道はある」という感じだろうか)。二〇一六年に発売されてまもなくドイツ・シュピーゲル誌のベストセラー・リストにランクイン。以来、現在までほぼ四年にわたって上位をキープし続けている、まさにロングセラー作品だ。

そんな異例のベストセラーにもかかわらず、著者であるアレクサンドラ・ラインヴァルトは本国ドイツでも「謎の存在」らしい。テレビのトークショーにはめったに出ず、インタビューもほとんどなし。本書以外にも次々とヒット作を生み出す売れっ子作家にもかかわらず、現代の作家なら必ず持っていそうなSNSの宣伝用アカウントも存在しないという、ある意味いさぎよい姿勢を貫いている。

数少ないインタビューによれば、今はスペイン在住とのこと。一〇年ほど前、旅行で立ち寄ったスペイン北部の村にすてきな空き家を見つけて、思いつきで移住してしまったというから驚きだ。インタビュアーから「成功したことで、何か変わりましたか？」と質問されて、「スペインに住んでるから、自分の本がドイツの書店に並んでいるなんてちっとも実感がないの」と笑う彼女は、自然体でとても魅力的だ。（余談だが、本書を訳しながら何度も「この人、こんなにぶっちゃけて身バレ大丈夫かな」と思っていたのだが……ちょっと納得である）

あまり表に出たがらない著者のその性格は、本書のあちこちからも何となく伝わってくる。ノーメイク出社を敢行したり、お堅い義母の前で「いい嫁」のフリをやめてみたり、職場のブレインストーミングをバックレたりと、一見ハチャメチャな彼女。だが、意外と他人の目を気にするタイプで、「いい人」ゆえに仕事を断れなかったり、友人やママ友についつい気をつかってしまったり……。強気なサバサバ系女子かと思いきや、むしろ意外と「気にしい」で内向きな著者にしだいに親近感が湧いてくる。すると、彼女のこんなひと言がじわりと心に染みてくるのだ。

「自分が「こうしたい」って思ったとおりに、心のままに行動できた――そう思えたとき、人はすごく幸せになれるし、解き放たれた気分になるから。」（本文より）

著者ほど思いきった断捨離はできなくても、自分の中で「これって本当に自分のやりたいことかな」と問いかけて、「心の棚おろし」をしてみるのも悪くないかもしれない。

最後に、本書を翻訳するにあたり大変お世話になった翻訳会社リベルの岡田直子さんと、飛鳥新社の三宅隆史さんに、この場を借りて心から御礼を申し上げます。

二〇二〇年九月

柴田さとみ

著者

アレクサンドラ・ラインヴァルト

作家・プロデューサー。

1973年、ドイツ・ニュルンベルク生まれ。スペイン・バレンシア在住。広告代理店で撮影コーディネーターやコピーライターとして働くかたわら執筆活動を開始。誰もが日常生活で直面する問題を掘り下げ、解決するまでを軽妙に描くスタイルが支持され、複数の作品がベストセラーになっている。

本書『Am Arsch vorbei geht auch ein Weg』は、ドイツでノンフィクション部門の第2位にランクイン。その前後2年以上にわたり10位以内にとどまり続け、発行部数は70万部超に。著者を代表する大ベストセラーとなった。

訳者

柴田さとみ

ドイツ語・英語翻訳家。東京外国語大学卒業（ドイツ語専攻）。

主な翻訳書に『母さん　もう一度会えるまで―あるドイツ少年兵の記録』（毎日新聞社）、『とっさのしぐさで本音を見抜く』（サンマーク出版）、共訳書にミシェル・オバマ著『マイ・ストーリー』（集英社）、『炎と怒り――トランプ政権の内幕』（早川書房）などがある。

画

瀧波ユカリ

漫画家・エッセイスト。

日本大学芸術学部写真学科卒業。

2004年、4コマ漫画『臨死!! 江古田ちゃん』でアフタヌーン四季賞大賞を受賞しデビュー。同作は女性からの圧倒的な支持を得てテレビドラマ化・アニメ化された。現在は、元彼との関係に悩みながら成長する女性を描く『モトカレマニア』を連載中。同作も2019年にテレビドラマ化された。他に、母の闘病と看取りを描いたエッセイ漫画『ありがとうって言えたなら』、自身の子育てを記録した『はるまき日記』など著書多数。札幌市在住。

ホントはやなこと、マジでやめてみた

誰にもジャマされない「自分の時間」が生まれる
ドイツ式ルール42

2020年10月19日　第1刷発行

著　者　アレクサンドラ・ラインヴァルト
訳　者　柴田さとみ
装画・挿絵　瀧波ユカリ
発行者　大山邦興
発行所　株式会社　飛鳥新社
〒101-0003東京都千代田区一ツ橋2-4-3　光文恒産ビル
電話（営業）03-3263-7770（編集）03-3263-7773
http://www.asukashinsha.co.jp

ブックデザイン　山田知子（chicols）
翻訳協力　リベル
校　正　東京出版サービスセンター

印刷・製本　中央精版印刷株式会社

ISBN978-4-86410-777-8

編集担当　三宅隆史